잠시
쉬어가요

잠시
쉬어가요

고영두 수필집

지 은 이 고영두
인 쇄 일 2023년 3월 25일
발 행 일 2023년 3월 30일

발 행 인 이문희
디 자 인 성수연, 김슬기
펴 낸 곳 도서출판 곰단지
주　　소 경남 진주시 동부로 169번길 12, 윙스타워 A동 1007호
전　　화 070-7677-1622
F A X 070-7610-7107
전자우편 gomdanjee@hanmail.net
I S B N 979-11-89773-63-2 03810

잠시
쉬어가요

고영두 수필집

도서출판
곰단지

雪松, 老益壯의 表象!

김길수
경남문화원연합회장 겸 진주문화원장
문학박사

2년 전 雪松(설송) 고영두 박사님께서 수필집 "내 인생의 향기"를 출간하실 때 "글은 곧 사람입니다"라는 제목으로 축사를 올렸다. 그 수필집이 국보문학에서 작품대상을 수상했다는 신문기사를 보고 노익장을 과시하는 설송의 괴력을 보는 것 같아 기쁘기 한량없었다.

그런데 이번에 두 번째 수필집 "잠시 쉬어가요"를 출간하신다니 나이가 들었어도 결코 젊은이다운 패기가 변하지 않고 오히려 굳건하다라는 "노익장"의 뜻에 걸맞은 위력을 발휘하시는 것 같아 새삼 설송의 진면목을 보는 것 같다.

설송의 글 속에 스며있는 선비의 품격에 대해서는 첫 번째 수필집 축사에서 언급했고 이번 2집에는 지금까지 보아왔고 들어왔던 설송의 일상들이 글 속에 녹아있지 않나 생각하면서 출간을 축하하고자 한다. 설송의 노익장의 출발은 파크골프와 독서로 집약할 수 있다. 파크골프는 설송의 건강 유지의 필수요소인 동시에 부부애를 엮어주는 촉매제이다. 매일 노부부가 함께 잔디밭을 거닐며 마시는 맑은 공기와 스윙 하나하나에 쏟는 집중력이 체력단련의 기본이요, 오후쯤 서재 책상에 앉아 책 읽고 글 쓰면서 머리 식히는 것이 정신건강 유지의 기본이라, 이렇게 일상 속에서의 규칙적인 삶이 설송의 수필 속에 유려함으로 나타나 있지 않은가 생각한다. 매년 삼복더위에 한 달 정도 태국 치앙마이에서의 망중한은 이국의 정취를 만끽하면서 무념무상의 환경 속에서 세상을 관조하니 설송의 글을 읽는 분들이 감탄하지 않을쏘냐.

최근에 들은 이야기로는 설송 본인께서 남강문학회에 시인으로 등단하셨다고 하니 백세시대에 나이가 비록 숫자에 불과하다고는 하지만, 왕성한 활동력을 단지 노탐(?)이라고 치부할 수도 없고, 현재의 추세로 봐서는 문학의 전 장르를 섭렵할 것 같고 불원간 시집도 출간하지 않을까 기대가 된다.

설송의 글 속에 담긴 의미들은 급변하는 현시대를 현명하게 살아가라는 시금석이 될 것임에 틀림없다. 인생의 먼 바다 위를 비춰주는 등댓불이 우리의 뱃길을 더욱더 밝게 멀리 오래 비춰주도록 건강에 유의하시길 빌고 또 빕니다.

감사합니다.

"삶의 책"

수필이란 시한적인 자기의 삶을 영원히 남기는 수단이라 할 수 있다. 평생을 살아가면서 본인이 겪은 체험이나 느낀 점, 자연의 관찰 등을 글로써 남기는 것이라 할 수 있다. 한 권의 수필 책을 만든다는 것은 지나간 인생관과 아름다운 인생을 추구하는 것으로 승화시키는 것이다.

내 인생의 많은 역경과 변화에 대해 모두 그리기는 어려우나, 생각나는 대로 기억을 더듬어 만들기 때문에 수필을 쓴다는 것은 나이에 제한이 없는 느낌이라 늦게 뜻을 두게 되었다. 인생의 행복과 가치는 자신의 시간에 지배되지 않으며, 자기 생의 가치를 부여할 수 있는 일이다.

지난 2017년에 한국국보문학 수필 부분에서 신인상을 받음으로써 문인으로 자리매김하게 되었다. 그 후 집필을 계속하여 (주간) 한국문학신문, (월간) 한국문학지 등에 발표한 수필을 정리하여, 3년 동안 작성한 50여 편의 수필을 모아서 책으로 발행하게 되었다. 이렇게 출판한 수필집 "내 인생의 향기"가 (사)한국국보문학으로부터 영광스러운 작품 대상을 받았다.

좋은 수필을 쓰기 위해서는 매일 책 읽기를 하는 버릇을 기르는 것이 좋으며, 글을 쓸 때는 독자가 읽기 편하게 하는 것을 염두에 두고, 이를 위해서 우선 그 글이 자기 마음에 들어야 할 것이다. 이때 글들이 독자로 하여금 한 문장 한 문장씩 음미해가면서 정독할 수 있도록 하여 손에서 책이 떨어지지 않도록 해야 할 것이다. 이런 생각으로 수필을 쓴다면 작가의 인생은 외롭지 않을 것이다. 서로의 꿈을 응원하고 자신감을 길러내기 위해 글을 쓰고, 고난과 역경을 이겨낼 수 있는 힘이 되어줄 "삶의 책"을 만들 수 있다면 다행한 일이다.

시골에서 농사를 지으며 살거나, 도시에서 어떠한 일을 하고 살지라도 사람은 바르게 처신하고 아름다움을 보는 눈을 갖고 살아야 한다. 이것이 돈을 얼마나 벌고 사느냐 하는 것보다 중요한 문제이다. 이런 내용을 마음에 품고 올해도 계속해서 수필을 발표하였다. 많은 사람이 내 작품을 읽어주고 글 문장에 주목하고, 내가 전하고자 하는 바를 이해해 주기를 바라는 마음 간절하다. 이것이 글 쓰는 기쁨이고 즐거움이기 때문이다.

좋은 책을 읽으면서 새로운 눈으로 끊임없이 세상의 변화를 모색하는 작가가 될 것이라는 마음 다짐도 해본다. 그리고 한 삶 자체를 글로 잘 표현할 수 있도록 내 수필 속에 열정을 쏟아 넣어, 이를 예술로 승화시킨 작품을 만들고 싶은 욕망이다.

그동안의 체험과 이미지를 가지고 나의 지식과 느낌 등을 잘 풀어내어 독자들로 하여금 공감대를 이룰 수 있는 작가로 인정받을 수 있다면 더 이상 바랄 것이 없다고 생각한다. 그러기 위해서 발표한 수필작품이 예술품의 수준으로 인정받도록 더욱 많은 노력이 필요하다는 것은 잘 알고 있다.

나의 수필작품이 아직 미흡하다고 생각하는 부분이 많지만, 나름 꾸밈없이 진실한 글이 되도록 노력하였기에 읽는 사람들의 가슴이 따뜻해지고 얼굴에 미소 지을 수 있기를 바랍니다. 이번 수필집은 제1집이 발표된 이후 조금 여유 있었던 것들을 각종 문예지에 발표한 수필들을 모아 제2집으로 발행하오니 독자 여러분들의 많은 성원을 바랍니다.

2023년 3월
설송 고영두(雪松 高永杜)

잠시
쉬어가요

제1장
건강과 함께

제4장
성공의 길

제5장
삶의 여정

제1장

건강과 함께

내 몸은 내가 지킨다

젊었을 때의 아름다운 얼굴은 한철이지만, 꽃다운 마음은 한평생을 지켜준다. 내가 웃어 주어야 나에게 행운도 미소를 지을 것이며, 내 표정은 행운의 얼굴이 될 것이다.

나는 누구인가?

사람은 누구나 부모의 공덕에 의해 세상에 태어나서 자라게 되어있다. 이러한 아이를 건강하게 잘 길러서 자립할 수 있도록 보살펴주고, 사회의 훌륭한 역군이 되도록 기대하면서 자라게 한다. 세월이 흘러 자립하게 되려면 스스로 몸과 마음을 다스리는 법도 배우고 익히며 서로 의지하면서 살아야 한다.

어려움에 처하는 경우, 이를 모면하게 되면 구세주의 덕택이라 생각할 수 있지만, 구세주는 사람을 구해주는 것이 아니라, 자신을 스스로 구원할 수 있는 방법을 제시해 주는 사람이다. 평생을 살아가면서 크게 어려움이 없는 한, 식사 시간이 되면 해결하고, 주어진 업무에는 충실히 임해야 하며, 자신의 건강관리를 잘해야 한다.

어느 날 우연히 학교 운동회에 참석하게 되었다. 많은 학생 중에 어떤 학생이 키도 크고 몸이 튼튼하게 생겨 부러운 몸매를 하고 있었다. 어떻게 몸매가 그렇게 좋으냐고 물었더니, 하루아침에 만든 것이 아니라 장기간 매일 같이 반복해 잘 다져진 몸매를 만들었다고 한다. 어떻게 그렇게 했냐는 말에 매일 같은 길을 지나면 헬스장이 있어서 보면, 헬스장의 코치 몸매가 너무나 탐스러워서 다니게 된 원인이 이렇게 만든 것이라고 한다.

외출을 하게 되면 많은 사람을 만나보게 되거나 지나치면 모습을 알게 되는데 제일 먼저 눈에 와닿는 것은 그 사람의 외모이다. 잘 생겼거나 잘 다져진 몸매를 보게 되면 닮고 싶어 하는 생각이 떠오른다. 내 몸은 내가 만드는 것이지, 다른 사람도 관여하여 만들어 줄 수 없다. 나의 지식과 지혜로서 스스로 건강한 몸을 만들어 가야 한다.

역사적으로 보면 조선시대의 임금 27명은 평균수명이 37살이었고, 고려시대의 임금 34명은 42살밖에 살지 못했다고 한다. 권력이 있었지만, 보약이나 선약(仙藥)으로는 해결할 수 없었기에 이렇게 단명하였다. 일반 백성의 삶은 지금에 비하면 생활문화가 너무도 큰 차이가 있었기에 건강관리나 의, 식, 주를 해결하는 데 많은 노력이 들었으며, 기본적으로 의술 수준이 낮거나 널리 보급되지 않았기에 충분히 치료받지 못한 영향으로 환갑을 넘겨 장수하는 이는 매우 드물었다.

예로부터 건강을 유지하는 데 중요한 부분이 많지만, 다리와 무릎이 불편하여 거동이 마음대로 되지 않는 것이 큰 걱정이었다. 건강한 사람은 걸음걸이가 가볍고 바르게 걷는 것이 특징이라 할 수 있다. 사람의 골격과 근육의 절반은 두 다리에 있으며, 본인이 소비하는 에너지의 70%는 두 다리에 의해서 소모된다고 할 정도로 중요하다. 다리에는 온몸에 있는 혈관과 신경들이 절반 정도는 모여 있기에 슬개골(膝蓋骨)은 자기 몸무게의 9배를 지탱하는 힘이 있다고 한다.

옛말에 나무는 뿌리가 먼저 늙고, 사람은 다리가 먼저 늙는다고 하는 말이 있다. 두 다리가 튼튼하면 경락이 잘 통하여 뇌, 심장 및 소화기 계통 등을 비롯한 신체의 각 기관이 원활하게 작용할 수 있다. 따라서 다리 근육이 잘 발달 된 사람은 심장이 튼튼하고, 뇌 기능까지도 좋을 가능성이 높다. 그뿐만 아니라 걷는 속도는 물론이며 장거리를 걸어도 힘이 있는 사람은 건강하게 장수 할 수 있는 사람이다.

노인이 넘어지면 몸의 뼈가 잘 부러지는데 통계에 의하면 고관절이 골절되면 15%의 환자가 1년 안에 사망하는 것으로 나타났다. 이것을 예방하기 위해서는 다리를 충분히 단련시켜야 하는데 가장 좋은 방법이 걷는 것이다. 이를 위해서는 다리 운동을 많이 해야 하는데, 체질에 따라 걷는 정도가 차이가 있겠지만 60대는 하루에 1시간 30분, 70대는 1시간 정도는 걸어야 효과가 높다고 한다.

나이를 먹어 힘이 줄게 되었다고 스스로 무기력하지 말고, 어느 곳에 자신이 필요한지 용도를 찾아 활기차게 살아야 할 것이다. 자신의 마음가짐이 얼마나 중요한지를 공자님이 말씀하기를, 스스로 존경하면 다른 사람도 그대를 존경할 것이라고 했다. 건강을 잘 유지하면서 자유롭고 여유 있는 시간을 만들어 가며 더욱 즐기고 행복한 삶을 살아야 할 것이다.

결국은 한 줌의 흙으로 돌아가는 인간의 삶, 마음을 비우고, 욕심 없이 살아있을 때 베풀며, 죽을 때 후회하지 않고 아름다운 삶이 되도록 해야 할 것이다. 나이 들어 살다 보니 몸의 건강 상태가 젊었을 때와는 다르게 점점 불편한 곳도 많아지지만, 그래도 이리저리 다니며 이만큼 건강하게 활동할 수 있으니 감사하게 생각하고 살아야 할 것이다. 자신의 삶을 소중하게 여기는 사람이 삶에 대한 만족과 행복을 더 많이 느끼도록 되어있다.

운동하면서 건강하게 살자

운동을 하는 것은 여러 가지 목적이 있지만, 여유 있는 생활을 하려면 자기의 특성이나 소질에 맞추어 일찍 단련하기도 한다. 잘 적응하고 자기 적성에 알맞은 운동을 잘하면 일찍 학교에서 선수로 발탁되어 국가대표로 선발되어 훌륭한 선수 생활을 하는 사람들도 있다. 이러한 사람은 특수한 사람이지만 누구나 시간 내어 취미생활로 운동을 하게 된다.

이러한 운동도 나이에 따라 변화를 가져오는데 고등학교 시절에 내 짝지는 기계체조 운동인 평행봉에 소질이 있어 시간 나는 대로 열심히 연습하였다. 심지어 1시간 수업을 하고 10분 휴식 시간이면 꼭 평행봉을 하면서 시간을 보내고는 하였다. 이렇게 매달려 체력을 단련해 사범대 체육학과에 특기생으로 입학하였다. 졸업 후 중학교 체육 교사로서 한평생을 건강하게 지냈다.

나는 전문적으로 잘하는 운동은 없으나 일찍이 탁구와 테니스를 취미생활로 하면서 대표로 선발되기도 했었다. 나이가 많아지고 주변 친구들의 여건에 따라 운동에도 변화가 생기게 되었다.

동작이나 체력에 따라 적이하게 시작한 것이 골프였다.

이제 골프로서 여생의 취미생활 운동으로 살아야겠다고 마음 먹고 지금까지 계속하였다. 각종 운동에도 정신적으로나 육체적으로나 자기의 여건과 신상에 알맞아야 하는데 골프는 대자연을 벗 삼아 심취하면 좋은 운동으로 선정할 수 있다. 최근 미국의 CNN에서 "골프가 인간의 조기 사망률을 낮추어 준다"고 보도하였다. 그뿐만 아니라 골프로 인한 각종 질병을 예방해 주기도 하는데 특히 당뇨병, 심근경색, 고혈압 등을 예방하는데 큰 효과가 있는 것으로 밝혀졌다. 특히 노년의 경우 조기 사망률을 낮추어주고 100년 노령에도 큰 도움을 줄 것이다.

골프는 자연 속에서 심호흡을 하면 걷기와 정신집중을 동시에 하면서 동료와의 인간관계를 더욱 친숙하게 해주어서 좋다. 골프는 체력이 크게 소모되는 운동이 아니기에 나이가 들어 체력이 떨어져도 계속 즐길 수 있다. 또한 위험성이 적기 때문에 동반자들과 경쟁하면서 즐길 수 있는 안전한 운동이다. 운동 중 스트레스를 받는 운동도 있지만 골프는 자연 속에서 계절이 변화하는 모습과 함께 즐길 수 있어 스트레스를 해소하는 운동이라 할 수 있다.

한때는 부유층만이 할 수 있는 운동이라 인식되었으나 이제는 스크린 골프가 발전함에 따라 우리나라의 골프 인구가 400만 명까지 증가하여 직장인들에게도 대중화되어가고 있다.

나는 이제 골프보다 지금의 체력에 적합하다고 생각되는 파크골프에 심취하고 있다. 파크골프는 우리 몸에 미치는 영향은 골프와 같다고 생각되며 골프에 비해 장비와 시간에 구애받지 않고 할 수 있는 운동이다. 보통 4인으로 구성하며 18홀을 치는데 약 1시간 30분 정도 소요된다.

남녀노소 3세대가 함께 할 수 있으며 일반 골프에 비해 경비가 비교할 수 없이 적으며, 매우 자유롭게 할 수 있다는 점 등 장점이 많다. 온 가족 운동으로 각광받을 것이며 국민 스포츠로 발전할 것으로 기대된다.

파크골프는 운동하면서 마음과 행동을 같이하고 동료를 위한 작은 마음의 배려들이 큰 기쁨을 주는 기분이다. 이것이 우리 건강을 지켜주고 행복의 가치를 높여주는 것은 아닐까 하고 생각해 본다. 지나 일들이 마음을 바로잡게 하고 운동을 통해서 상호 간에 더 짙은 인간관계를 맺으며 서로 배려하는 마음을 알게 된다.

우리 강변 파크골프장은 새벽 일찍 하는 새벽반이 있고, 아침 식사 후에 입장하는 오전반, 점심 식사 후의 오후반과 하루 종일 쉬어가면서 하는 종일반이 있다. 이렇게 운동하는 것을 보면 얼마나 재미있으면 이렇게 시간을 보내고 있을까 하는 생각이 든다.

이제 더 많은 사람이 파크골프 회원에 가입하여 잘살아가야 하겠다고 하는 추세이다. 누구나 손쉽게 즐길 수 있고 흥겨운 파크골프를 치면서 건강을 유지하고 행복하게 살아갑시다.

자연과 더불어 살자

누구나 좋아하는 꽃의 향기는 백 리를 간다지만, 사람의 향기는 만 리를 간다고 한다. 하루가 가고, 한 달이 지나면, 또 한해가 지나간다. 자연의 모습은 이렇게 흘러가는 세월 속에서 변화를 가져온다. 누구인들 이러한 사실을 모르고 사는 사람이 있겠나 마는 바쁜 나날을 살면서 자기 일에 도취하다 보면 잃는 수도 있다.

자연을 벗 삼아 겸손함을 배우고 따뜻한 마음으로 주위를 보살필 때 자기의 평온함을 가지게 될 것이다. 이 세상에는 영원한 것도 없고 시시때때로 변하는 것인데 그렇지도 않고 자기 본위로만 생각하는 사람도 많다. 그러나 자연은 변함의 연속이다. 계절의 순서인 봄, 여름, 가을, 겨울이 급하다고 봄 다음에 바로 겨울이 오지 않는다. 이러한 계절의 변화에 힘입어 봄이 되면 꽃들이 앞뒤 다투며 피기 시작하지만, 꽃나무 뿌리에서 바로 꽃을 피우지는 못한다.

지구상의 만물은 자연의 원리에 의해 물 흐르듯 변화를 가져와서 성장하고 또 없어지는 것이다. 자연은 만물을 두고 말하기를

"모든 것에는 순서와 순리가 있어 기다림은 한 과정이다"라고 하였다. 한 송이의 들국화도 피워내는데 순서가 있어 시간이 필요할 뿐 아니라 계절의 변화가 있어야 한다. 원만하면 기다리다가 순서를 지킴이 예의이고 칭찬받을 일이다.

인간은 가끔 노력의 대가인 "땀"보다 "돈"을 먼저 생각하고 자기의 노력보다 결과를 먼저 기대하기 때문에 빨리 좌절하기도 한다. 보통 사람들은 자기의 능력이 어느 정도인지를 잘 파악하지 못하고 산다. 그러나 자기의 능력을 잘 파악하고 매사에 긍정적인 사고를 가지고 행한다면 좋은 결과를 가져올 것이다. 지금 시작한 일이 나는 꼭 할 수 있다는 마음만 있다면 반드시 성공할 것이다. 좋은 씨앗은 영양 좋고 주변 환경만 좋으면 반드시 훌륭한 열매를 맺게 되어있다.

이제 대자연에 대한 원리를 조금이나마 이해한다면 더욱 흥겹고 즐거움을 맛보면서 삶을 영위 할 수 있다. 어우러져 살다 보면 상대를 배려하고 친절하게 함으로써 기쁨을 줄 수 있고, 본인에게는 복이 되어 돌아오기도 하는 것이다. 살아있는 현재가 가장 아름답고 축복받을 일로 만들어야 한다. 지금 어떤 일을 하더라도 오늘 이 순간을 보람되고 가치 있게 살아야 할 것이다. 인간이 가치 있는 삶을 하기 위해서는 자신에게 부끄럽지 않고 남을 위해 봉사하면서 살아가야 한다. 존경받고 인격적으로 성숙하기 위해서는 몸과 마음이 튼튼할 때 자신의 이익보다 남의 이익을 생각하고 양보와 배려를 할 것이다.

100세 시대를 맞이한다지만 삶의 목적을 충분히 설계하고 주위에 도움이 되어야 할 것인데 그것이 뚜렷하지 못하면 오래 사는 것이 무슨 의미가 있을까?

결론적으로 얼마나 살았느냐가 문제가 아니라 살면서 이웃이나, 사회에 얼마나 기여했는지가 중요하다. 이렇게 하기 위해서는 여유로운 삶이 되어야 술 한 잔이나 밥 한 끼라도 베풀 수 있다. 대접받는 것도 좋겠지만 그것도 한두 번이지 잦으면 마음에 부담이 되는 것이니 오히려 한 턱 쏘는 것이 즐거움을 더 느끼지 않겠는가?

물을 먹고 자라는 식물이라도 적당히 물을 주어야 한다. 물을 먹고 자라는 식물의 뿌리는 물이 성장의 근원이기에 뿌리를 잘 발달시켜 식물이 자라게 된다. 이와 같은 현상은 인간도 마찬가지다. 삶의 원천인 물질이 풍부하게 되면 노력하지 않으려 한다. 그러나 자기 자신이 불편함을 느끼고 사물에 대한 필요성을 느껴야 노력하려고 한다. 따라서 사람은 부족함을 느껴야 새로운 창조성을 유발하게 된다. 그러나 지나친 욕심만 가질 것이 아니라 적은 것이라도 필요에 따라 만족한 마음을 갖는 것이 따뜻한 인생을 살아가는 길일 것이다.

나는 시골에서 태어나서 변화하는 자연의 모습을 보고 듣고 벗삼아 자랐다. 항상 봄이면 새로운 작물들이 솟아올라 자라고, 심어놓은 작물들은 성장하여 가을이면 수확하는 모습을 보게 된다. 자연적으로 마음은 순수하여 지나친 욕심은 없고 자연스럽게 귀여움을 받으며 살아왔다.

우리는 서로 귀중한 생명을 가지고 있기에 서로를 이해하고 감싸주면서 즐겁게 살아야 한다. 이러한 세상을 누비면서 자연을 벗삼아 산다는 것은 참 좋은 인생살이가 될 것이다. 건강보다 더 중요한 것은 없다. 돈에만 눈이 어두워 재벌이 되었으나 건강을 잃게 되면 천만금이 무슨 소용 있으랴!

즐거운 통영 여행

나이 들어가면서 여행만큼 생활에 활력을 주는 것도 없다고 생각한다. 낯선 땅에서 새로운 경치를 구경하고, 낯선 사람을 만나고, 새로운 음식을 먹고 이로 인하여 새로운 감각을 느껴보는 것이 좋다. 단조로운 노년 생활에 새로운 활력을 주는 계기가 되고 있다.

나는 이번에 처음으로 아들과 손자 셋이서 통영과 욕지도 여행을 다녀왔다. 통영 삼덕항에서 10시에 출발하는 배를 타기 위해 차를 싣고 탑승하였다. 공기 좋은 바닷바람을 잠시 마시는 사이에 선착장에 도착했다.

욕지도의 일주도로를 출발하고, 제일 먼저 이 지역에서 유명한 고구마 라떼 전망대에 올라 고구마 차 한 잔 마시고 언덕을 내려와서는 인근의 출렁다리를 건너서 바위 절경과 속 시원히 펼쳐진 앞바다를 둘러보았다. 날씨가 상당히 더웠지만 이 출렁다리로 불어오는 시원한 골바람이 얼마나 심하게 부는지 모자가 날아가지 않도록 단속하느라고 잘 붙잡고 다녔다.

다시 항구로 돌아와 점심 식사를 위해 식당을 찾아 고등어 횟집에 갔다. 살면서 여러 가지 회를 먹어봐도 고등어회는 이번에 처음 먹었다. 좋은 분위기 속에서 맛있게 잘 먹고 주변에 가까운 거리에 있는 모노레일을 타러 갔다. 기다리는 사람이 많아 줄을 서고 30분 정도 기다리다가 7명이 동승하게 되었다.

산 정상을 향하여 오르는데 주변을 잘 둘러볼 수 있도록 매우 천천히 움직이기에 사람들의 걷는 속도와 거의 같은 느낌이었다. 이 모노레일은 젊은 사람은 스릴을 느끼겠지만, 경사가 매우 심해 나에게는 위험하다는 느낌이었다. 도착하여 조금 걸어 정상에 올라 사방을 둘러보니 통영 앞바다에 섬들이 많다는 것은 알고 있었지만, 정말 실감 나게 섬들과 아름다운 풍경을 만끽할 수 있었다. 이것이 우리가 욕지도에 온 보람이라 생각할 정도로 마음이 풍성하였다.

욕지도 구경을 마치고 섬을 벗어나서 저녁 식사를 해야 할 시간인데 적당한 식당이 없어 헤매다 항구 근처의 충무 김밥집을 발견하였다. 김밥과 라면을 시키고 잠시 기다렸다. 60대로 보이는 주인아주머니가 우리를 주시하더니 한마디 하였다. 어떻게 삼대(三代)가 이렇게 보기 좋게 어울려 다닐 수 있느냐 하고 크게 칭찬하기에, 나 스스로도 여기까지 온 것이 정말 행운이라고 확인하게 되었다. 이러한 기분으로 식사를 마치고 산속에 있는 깨끗한 펜션에서 하룻밤을 쉬었다.

새벽 일찍 일어났는데 간밤에 비가 조금 내렸는지 차 창가에 빗

방울이 조금 맺혀 있었다. 오늘 여행은 통영을 한눈에 내려 볼 수 있는 케이블카를 타기 위해 일찍 입구에 도착했는데 아쉽게도 오늘부터 2달간 대공사를 한다며 운행정지 상태이다. 이어서 주변에 가까이 있는 나폴리 농원에 힐링하러 갔는데, 이곳 또한 정기 휴일이라 한다. 다음으로 임진왜란에 큰 공을 세운 충무공 이순신 공원에 갔더니 입구에 도착하자 비가 내리기 시작하였다. 우산도 하나뿐이라 바닷가 주변을 잠깐만 구경하고 아쉬움을 남기고 나왔다.

이후 의논한 결과 역시 이순신 장군을 모신 충렬사(忠烈祠)에 가기로 하고 이동하였다. 이곳은 1606년(선조 39)에 건립하였으며, 1663년에 사액(賜額)되어 역대의 수군통제사들이 매년 봄과 가을에 제사를 지내왔다. 주변의 나무들은 300여 년 이상 된 웅장한 고목들이 많아 오래된 역사성을 함께 빛내어 주는 느낌이었다.

신위가 모셔져 있는 충렬사에 가서 서명하고 전시관에 갔다. 제일 먼저 눈에 보이는 것은 명나라에서 장군에게 하사한 하사품과 전쟁에 크게 기여한 소형 거북선이었다. 전시관의 해설사 설명을 잘 듣고 나오니 하늘은 맑게 개어 있었다.

다음으로는 통영에서 자랑하고 있는 동피랑 마을에 갔는데, 관광객들이 많았고 벽 그림의 색상이 아주 선명하여 눈부시게 찬란하여, 사진을 찍는 곳마다 작품이 되는 느낌이었다. 언덕 위의 집 벽면에 예쁘게 그려진 그림이 많은 마을이라, 걸어서 인근을 한눈에 보이는 곳까지 올라가기에 숨은 가빴지만 구석구석 볼거리를 즐길 수 있었다.

이번 여행의 마지막 코스로는 해저터널을 걸어서 통과해 보는 일이었다. 1932년에 건설된 터널이고 지금은 유명 관광지로 깨끗하게 정비되어 있었다. 터널 속에서 지나가는 야쿠르트 아줌마에게 시원한 음료를 사 먹으니 여행의 즐거움이 더욱 좋았다.

많은 가족 중에서도 나와 아들, 손자 3대가 같이 여유를 갖고 시간을 보내면서 기쁨과 즐거움을 나눌 수 있는 특별한 여행이었다. 사랑과 애정이 가득한 뜻깊은 여행이었기에 인생에서 깊은 추억이 남을 것으로 생각된다.

삶이 낙원(樂園)이 되려면

    사람이 살아가기 위해 중요한 것이 많은데 가장 기본적인 것이 먹는 것과 생활의 근거지인 집이다. 이들 음식과 주택이 시대의 변천과 과학의 뒷받침에 의해 생활하기 편리하도록 많은 변화를 가져왔다. 이제 먹을 것 풍부하고 살기에 편하게 되어 가고 있다.

    이곳은 일반 주택가와 다르게 한적한 지역으로 생활하기에 좋은 시설이 초 현대판으로 호화로운 환경인데 노년층만 살고 있는 곳이다. 어떻게 생각해 보면 생활에 불편한 점도 없고, 걱정이라고는 찾아볼 수 없는 사람들만 살고 있는 좋은 곳인데도 불구하고, 치매 환자가 많이 발생하고 있다고 한다.

    참으로 안타까운 일이다. 왜 이렇게 좋은 환경 속에서 이러한 일이 일어나는지 잘 이해가 되지 않았다. 외국에서는 시니어타운이 많은데 우리나라에서도 건설 붐이 일어나고 있다. 문제는 시니어타운이 변화를 일으키고 있는 것은 싱글 노인이 늘어나고 있기 때문이다.

    일본에서도 독거노인들의 생활 안정 때문에 문제라 한다. 85세

~90세가 되면 운전도 못 하게 되고, 수영장도 어려워지고 독거노인으로 살아야 하는데, 문제는 친구가 없어 고독 해결을 못 하는 것이 주요한 일이다. 이러한 일은 국제적으로도 관심거리다. 이 문제를 해결하기 위한 수단으로 캐나다에서는 독거노인들에게 말하는 로봇 인형을 제공한다고 한다. 노인은 혼자 사는 연습을 해야 하고 특히 남자는 요리 강습도 참여하고 자립해서 혼자 사는 법을 배워야 할 것이라 한다.

그러면 이와 같이 일어나고 있는 치매를 어떻게 해결해야 할 것인가? 가장 기본적인 방법이 사람을 만나는 일이다. 서로 만나 대화하고 어려운 일이 있으면 걱정도 나눌 수 있는 것이 제일 중요한 일이다. 인생 낙원이라고 하지만 지금 당장 고민하고, 걱정하며 살고 있는 현장이라고 한다.

삶을 풍요롭게 하고 호화로운 것이 전부가 아니라 조화롭고 현실에 잘 적응할 수 있는 삶이라면 행복한 사람이라 할 수 있다. 그러기에 사람끼리 잘 어울려 주어진 입장과 처지에 맞추어 사는 것이 행복도 같이 이루어질 것이다. 항상 오늘이 나에게 가장 좋은 날이고, 행복한 날이라 생각하고 살아야 한다. 하지만 사람이 살아가는 데 진정한 행복으로 살려면 돈, 시간, 친구, 취미, 건강과 같은 조건들이 잘 갖추어져야 한다.

돈을 얼마나 가졌느냐가 중요한 것이 아니라 얼마나 잘 쓸 수 있느냐에 달려있으니 마음 푸근해야 할 것이다. 인생의 막다른 길이라면 시간 없다는 소리란 하지 말고, 초청이 있으면 언제라도 만날 마음의 준비가 되어있어야 한다. 인생 후반에서는 친구 많은 사람이 진짜 부자라 할 수 있으며 취미생활도 같이하고 사물을 즐기며 살아가야 할 것이다. 이러한 모든 것들을 잘 갖추었다 할지라도 건강하지 못하면 무의미한 것이니, 본인의 건강관리에 최선을 다해야 할 것이다.

취미생활에도 종류가 많은데, 나의 취미는 건강에 아주 적합한 파크골프를 치는 것이다. 오전에 운동장에 가서 맑은 공기 마시며 육체적으로는 걷기와 온몸운동을 하면서, 새로운 친구와 만나 정신적인 즐거움을 가지는 운동을 겸하는 것이다. 오늘도 대학 동기들과 만나 맑은 하늘을 등지고 웃으면서 운동하는 즐거움은 나이를 더 멀리한 시간이 된다.

눈 밝아 즐거운 것 구경하고, 치아 튼튼하여 맛있는 것 먹을 것이며, 특히 다리 튼튼하면 여행도 가고 즐거움을 마음껏 누릴 수 있으면 다행이다. 이렇게 여러 가지 갖추어야 할 것들이 많지만 인생 후반은 의무의 인생에서 권리를 찾는 인생으로 바뀌는 시기이므로 잘 찾아 남은 인생을 마음껏 즐기며 살아야 한다. 고난 속에서도 희망이 있는 자라면 행복의 주인공이 될 수 있고, 작은집에 살더라도 잠잘 수 있어 좋다고 생각할 수 있다면 삶의 낙원이라 해야 할 것이다.

고통은 성장의 영양

　누구나 살다 보면 항상 좋은 일만 있을 수 없고 고된 일이나 슬픈 일이 뒤 따르기 마련이다. 어려움에 부딪히면 견디고, 열심히 하면 반드시 반가운 일이 올 것이니 끝까지 잘 참고 나아가야 한다. 사람에 따라, 일의 정도에 따라 고통도 크고 작은 것들이 있기 마련이다.

　이러한 고통도 주변 환경에 따라 느낌이 다르다. 이 고통은 언젠가는 마무리하기 위해서는 이길 수 있는 방법을 찾아 계속 싸워 나가야 할 것이다. 많은 즐거움이나 성공은 어떤 고통이라 할지라도 싸워 이겨야 하는 인내심이 필요하다.

　젊은 시절에는 고생도 사서 한다는 말이 있다. 이것은 긴 세월 동안 자기 일을 성취하고 이끌어 가면서 성공의 그 날을 기대하기 위해서이다. 이러한 고통을 일찍 본인이 잘 마무리 할 수 있다면 성공의 길로 가게 된다. 누구나 심한 고통 속에서 헤어 나오게 용기를 주고, 좋은 생각으로 마무리하며 살아갈 수 있는 지혜를 길러야 할 것이다.

내가 이 세상에 태어난 것이 무한한 행복이라 생각하고 감사한 마음으로 살아간다면 항상 즐거움 속에서 생활할 것이다. 하지만 어떤 일이건 고생이 따르게 되어있으니, 사람이 살아가는 데는 고난과 고통 없이 살아갈 수 없는 것이다. 부처님도 말씀하시기를 사람이 살아가는 자체가 고통이라고 하였으니 잘 헤아리고 보람 되게 살아야 할 것이다.

부모의 고통 속에서 태어난 자신을 잘 견디지 못해, 극단적인 방법으로 자살을 하는데 참으로 안타까운 일이다. 2019년 통계에 우리나라 인구 100명당 24.6명이나 많은 사람이 자살하여 세계에서 1위로 기록하였다. 좋은 일로 세계적인 기록을 세우는 것은 영광스러운 일이라 하겠지만 국제적인 창피라고 생각한다.

옛날에는 못 먹고 못살아도 악착같이 살려고 온갖 어려움도 견디고 살았다. 지금은 경제 대국으로 발전했는데 왜 이러한 현상이 나타나는지 참으로 안타까운 일이다.

살면서 제일 중요한 것은 본인의 건강을 잘 관리하는 것이기에 잘 챙긴 사람은 건강을 유지할 것이다. 그렇지 못하면 몸과 마음에 탈이 생겨 고통을 받게 될 것이다. 아리스토텔레스(B.C.384~322)는 현명한 사람은 쾌락이 아니고 고통 없는 상태를 추구하는 것이라고 했다.

나는 아침에 일어나 눈 뜨고 심호흡하며 살아 있음에 감사하게 생각한다. 오늘도 변함없이 일과를 시작해야지 하는 마음가짐이다. 사람이 산다고 하는 것은 어떻게 삶을 살았거나 간에 자기 삶의 최종적인 선택은 자신이 한 것이다.

살아가면서 고통스러움이나 잘못을 다른 사람에게 탓하는 경우가 많으나 이것은 본인에 의한 것이다. 뜻대로 되는 일이 그렇게 흔한가?

좋은 일이 있으면 나쁜 일도 겹치는 수도 있으며, 나쁜 일 속에 더 안 좋은 일이 일어날 수도 있다. 언제든지 잘 대응할 수 있도록 유연성을 길러야 한다. 운동을 하게 되면 자연적으로 몸과 마음이 더욱 튼튼해지게 된다. 이러한 시간을 통하여 충분히 충전하여 고통을 잘 대처할 수 있도록 해야 할 것이다.

세월이 흐르다가 보니 건상도 좋지 못한 아내가 80살이 가까워졌다. 그런데 파크골프에 특별한 취미를 가지고 열심히 해서 대상도 수상했다. 이제는 어린이가 학교 가듯 매일같이 다니면서 고통도 이길 수 있는 즐거움을 갖고 지내고 있기에 큰 다행이라 생각한다.

내 인생의 파크골프

나이 들어 운동하며 즐기면서 산다는 것은 행운이다. 그러기에 건강한 사람은 가장 행복한 사람이요, 성공한 삶을 살고 있으며 가장 잘살고 있는 사람이라 할 수 있다. 젊은 시절에 열심히 살다가 퇴직하여 특별한 일 없으면 문제인 것이 집에서 삼식이가 되기 쉽다. 그러면 자연적으로 아내에게 눈치받고 할 것인데 파크골프를 치면 운동 마치고 점심도 같이하기도 하고 부부와 같이 운동을 즐길 수 있으니 노년의 행복이라 하지 않겠는가. 이렇게 걷기운동과 겸하게 되어 하루 7,000보는 걷게 되는데, 식욕에도 좋지만, 요통, 고혈압, 스트레스를 줄이고 뇌를 젊게 해주는 효과도 있다.

아침에 학교 가듯이 운동장에 가면 여유 있고 마음 맞는 사람끼리 모이게 되어 작은 일에 한마음 한뜻이 되기도 한다. 소나무가 외로이 홀로 있으면 나무지만 모여 있으면 숲이라 한다. 우리 인생도 나 혼자가 아니라 같이 살아 가정이 되듯이 파크골프 운동처럼 오순도순하며 재미있게 진행해야 할 것이다.

노을 앞에 선 인생이 젊은 시절과 달리 길지도 않게 느껴지고 힘 있어 팔팔하였는데, 어디로 가버렸는지 모를 일이다. 자연적으로 삶이 비교되어 세월이 흐르고 시간은 어정거리며 가던 것이 마치 인생 완행열차 탄 듯했는데 이제 급행이 된 기분이다.

오늘도 기쁜 마음으로 부부와 동료들과 같이 골프채를 흔들어 본다. 바쁜 마음, 복잡한 심신을 멈추게 하고 금잔디 위에서 다른 생각 없이 홀 포인트를 향해 거리에 맞추어 쳐본다. 내 뜻에 맞추어 치는 공이 몇 개나 OB를 내고 달리는 모습이 서운한 때도 있지만 웃음을 자아내는 경우도 많다. 이러한 때에는 천천히 걷지도 못하고 건강과 마주할 수 있는 빠른 걸음으로 걷기도 한다.

사람들이 흔히 말하기를 누우면 죽고 걸으면 산다는 뜻에서 "누죽걸산"이라는 신조어도 나왔다. 이렇게 좋은 환경 속에서 심호흡을 동반하기 위한 수단으로 운동장 옆 넓은 잔디밭에는 크고, 작은 텐트를 치고 가족들이 즐기는 모습도 볼 수 있다. 이들의 가정은 어떠한지, 옛날 우리들의 생각을 넘어서 자연을 벗 삼고 신선한 공기를 마시며, 신선들이 즐기는 형태를 이루고 있다.

계절은 빈틈없이 흘러서 지나기에 부지런한 사람은 이에 맞추어 활동하는데 게으른 사람은 고부랑길이나 비탈길 걷는 사람과 같이 자기의 바람대로 할 수 없다. 몇 홀은 긴 롱홀로 힘껏 두들겨 보지만 거리에 맞추기 어려운데, 다음 홀은 짧은 쇼트 홀인데도 짧은 경우가 있어 조금 더 힘을 주게 되면 뒤 OB를 내고 만다. 어떤 친구는 조금 더 재미있는 말로 간밤에 공에게 밥상을 올려 잘 대접을 했더니 마음먹은 대로 공이 보답해 준다고 웃기는 말도 한다. 몇 홀을 치고 하면 잘 못 친 것은 잊고 예상외로 좋은 결과를 가져올 수도 있다.

모든 일에는 예외 없이 몸과 마음이 한 묶음이 되어 잘 어울릴 때 행복함을 꿈꿀 수 있는 것이다. 오늘도 즐거운 운동을 하기 위해 아침 일찍 가면 아침이슬이 깨지 않아 신발이 젖는 경우도 있지만 기분이 좋으면 전혀 관계치 않고 '굿샷' 하며 볼을 친다. 18홀을 치고 나면 잠시 쉬어 목도 축이고 하려고 물 한잔하고, 준비해온 과일 몇 쪽을 먹다 보면 어찌 이렇게 좋은 운동을 할 수 있는지 정말 고마움을 느껴본다. 모처럼 6명이 포섬 경기를 하게 되면 조금도 양보하는 마음가짐 없이 겨루다 보면 조금 더 깊게 자기를 볼 수 있는 시간이 될 것이다.

점심을 같이 먹는 경우도 있는데 막걸리 한잔은 그 맛이 어떤 무엇과도 바꿀 수 없는 강력함이 있어 새로운 힘을 만들어 주기에 또 보고 싶고 만나고 싶은 계기를 만들어 준다. 이러한 작은 생각이 삶의 원동력을 만들어 주는 공장이 될 수도 있기에 삶의 용기와 긍정, 사랑, 감사로서 마음의 세포를 잘 자라게 할 수도 있는 것이다.

직장을 은퇴한 지도 20년 가까이 되었지만, 건강관리를 위하여 많이 노력해야 할 것인데 파크골프가 있어 내 인생을 한층 풍요롭게 보낼 수 있기에 대단히 감사하게 생각한다. 오늘은 운동하는 동료들이 많아 진행이 느려 옆으로 고개를 돌리면 간밤에 내린 이슬에 꽃잎들이 반기는 모습을 느끼며 공치는 것을 착각하는 수도 있다. 인생이란 지금, 이 순간을 즐겁게 포착하는 것이 잘사는 길이다.

파크골프의 설립목적이 체력을 향상하며 여가선용과 명랑한 기풍을 진작시키는 데 있다고 한다. 입회한 지 얼마 되지 않은 사람이 "이렇게 좋은 운동을 늦게 시작한 것이 한스럽다"고 하니, 다른 한 사람은 "여기가 천국이다"라고 말을 맞받아 할 정도로 좋은 운동이라고 생각한다.

제2장

행복한 생각

글쓰기와 나의 행복

언제 보아도 사랑하는 내 가족이 있기에 마음으로 부귀영화를 누릴 수 있고, 즐거움을 느낄 수 있어 참 좋다. 잘 지내다가 조그마한 실수나 우연히 오해하는 순간이 있을지라도, 서로 바라보고 지켜주는 마음의 의지가 되어있기에 다행이다.

혹시 어느 순간 아내나 남편이 없는 삶을 생각해 보면 얼마나 외롭고 공허함을 느낄 것인가? 항상 곁에서 볼 수 있어 소중함을 매 순간 기억하면서 마음 편히 살고 있다. 소중한 당신의 남편과 아내가 있기에 오늘도 꿈과 희망을 키우며 살아가는 것이다.

젊은 시절에는 사회에 적응해가며 돈, 명예, 권력과 같이 살아도, 이제는 황혼으로 접어든 길을 걷고 있다. 이에 걸맞은 취미생활로서 문인처럼 글쓰기를 즐기며 열린 마음으로 행복함을 갖고 살려고 한다.

작품을 새롭게 한편 만드는 데는 나름대로 인고의 시간이 필요하다. 이것은 내 삶의 흔적을 영원히 남길 수 있는 좋은 작품을 만들어 독자들로부터 인정받으며 즐거이 읽히길 바라는 마음에서이다. 또한 이렇게 작품 활동을 함으로써 사물을 달리 보는 시각도 생기고, 세상을 보는 생각이 더 깊어지고 있는 것을 느낀다.

지금 이렇게 글쓰기 활동하는 것은 나에게는 지혜로운 인생길을 걸어가도록 하고, 내 삶의 내부 지향적인 가치에 충분히 만족하며 사는 것에 도움을 준다. 독자들은 써놓은 글을 쉽게 논평할 수 있지만, 한 편의 수필은 최종 완성하기 위하여 관찰하고, 생각하고, 쓰고, 지우며 또 고쳐 쓰는 과정을 거친 산물이다. 이렇게 하는 일들이 나의 인생을 새롭게 수놓을 수 있고 새 삶의 쉼터를 만들게 하고 있다.

청춘이라는 푸른 인생의 시간에서는 재산, 명예, 권력을 추구하는 편이 많다. 이에 비해 인생 후반의 삶은 전반에 일으켜 놓은 것을 토대로 행복을 다독거려 누릴 수 있게 해야 한다. 작은 일에도 감사하고 즐거움을 느낄 줄 알아야 하겠다. 스스로 좋은 일을 생각하고 긍정적으로 행동한다면 당신의 인생은 지난날보다 더욱 행복한 인생이 될 것이다.

자신을 더욱 소중하게 여기고 신뢰한다면, 스스로에게 좋은 친구가 될 것이며, 다른 사람들도 당신을 소중하게 생각할 것이다. 젊은 시절에는 외부에 비친 것에 관심을 많이 가지지만, 중년 이후의 시간은 내면 관리로 방향을 바꾸어가며 살아야 할 것이다. 사회적 지위보다도 어떤 사람들과 어떻게 살아가느냐 하는 것이 중요하다. 주변의 사람들에게 무엇을 얼마나 베풀고, 공감하며 살아가느냐 하는 것이다. 이는 나의 글쓰기 과정에서 느낀 더욱 깊어진 생각이다.

넓은 들녘에는 벼 이삭들이 황금색으로 물들어가고 계절의 시계는 흘러 벌써 가을의 기온으로 되어있다. 나의 조그마한 텃밭 농장 숲속에서 걷다 보면 자연이 나에게 준 즐거움이나 혜택에 대해 얼마나 고마움을 느끼며 살고 있는지 되돌아본다. 지금은 힘에 알맞은 조그마한 텃밭을 관리하면서 마음의 여유도 가지고 몸을 추슬러 가면서 시간을 보내기도 한다.

오늘도 한 편의 수필을 만들기 위해 책을 읽고, 자연 속을 걸어보고, 생각한 것을 통해 작품 활동을 하며 여유롭게 지낸다. 이것이 내 인생에 영원히 잊히지 않는 삶의 향기가 되고, 또한 이를 읽는 독자들과 가족에게 추억이 함께 되기를 기대해 본다. 지나온 많은 시간에 이어서 앞으로도 글쓰기를 통해 좋은 인연을 만들며 사랑하고 행복도 가득했으면 한다.

공자는 인생에서 한번 오고 영원히 오지 않는 것을 지나간 시간과 말과 기회라고 하였다. 그러기에 세상에는 길이 많지만 늙어가는 길은 처음 걷는 길이라 조심하고, 마음의 여유를 가지고 남은 길 잘 걸어가야 할 것이다.

막걸리 예찬

농장에서 농사일을 마치고 돌아와 한잔하는 막걸리는 인생을 음미하고 오늘의 즐거움을 만끽하며 마시는 술이다. 이 막걸리 한 잔은 그간에 있었던 온갖 고통과 시름을 저 먼바다 위에 띄워 놓고 마음 편한 시간을 가질 것이다. 막걸리는 우리나라 술의 대명사로 인정받을 정도로 유명하지만, 그 역사는 정확히 알려지지 않았다. 가장 오래된 기록은 삼국사기에 알려지고 있으나 옛날 농부들의 식량 대용으로 농사일이 많은 시기에 들에서 많이 애용했기에 농주(農酒)라고도 했다.

산수 좋은 지방의 막걸리는 우리나라 전통술로서 유명하다. 이러한 막걸리는 우리나라의 식량 사정이 좋지 못한 옛날에는 보리, 옥수수, 밀가루 등과 누룩으로 빚어 가정에서 따뜻한 방에 담고 했다.

술을 담는 방법은 곡물을 찐 다음에 누룩과 섞어 물을 붓고 적당한 기간 동안 발효를 시켜 술이 끓기 시작하면 위로는 맑은 술이 뜬다. 이것을 따로 떠내면 동동주가 된다. 동동주를 따로 뜨지 않고 발효가 끝나면 물을 섞어 찌꺼기를 걸러낸 것이 막걸리이다.

모든 음식은 원료가 좋아야 질 좋은 음식을 만들 수 있듯이 막걸리도 쌀로 빚은 것이 고급이고 맛도 좋다. 그러나 식량난으로 쌀 막걸리를 담지 못 하게 했는데, 쌀 생산량이 증가하면서 1991년도부터 제조할 수 있게 허가했다. 이러한 쌀 막걸리를 마시게 되어 국민들이 기뻐하는 가운데, 2008년도부터 웰빙 식품으로 인식되어 막걸리의 위상이 높아졌다.

향토 술로 인정받고 있는 막걸리가 어른들의 감성을 높이게 하는데, 안주가 좋으면 아이들에게 술 심부름을 시킨다. 당시는 경제적으로 매우 어려운 시절이기에 아이들이 즐겨 심부름을 한다. 이유는 막걸리를 사 오면서 조금 맛도 보고 막걸리 산 잔돈으로 심부름 값을 받을 욕심 때문이다. 이러한 경우는 우리나라 60대 이상의 사람들은 거의 해당되었기에 경험해 본 사람이 많은 것으로 알고 있다.

나의 한 친구는 고향이 시골이라 막걸릿집이 강 건너 산 중턱에 있는데 아버지가 막걸리를 애주하시는 분이었다. 술 심부름을 하는데 30~40분 정도는 걸리는 거리였다. 따뜻한 봄날이면 도중에 양지 바른쪽에 앉아 주전자에 입을 대고 조금씩 마셨는데, 그 시절의 막걸리 맛을 못 잊어 지금도 막걸리 하면 아버지 얼굴이 떠오른다고 한다.

이렇게 애주하며 마셨던 막걸리가 어떤 영양적 가치가 있는지를 모르고 마셨다. 현대과학이 밝힌 막걸리의 영양적 가치가 높은

데 첫째로 유산균 함량이 많아 면역력을 높여주고 질병 예방과 치유 효과가 크다는 것이다. 생막걸리 100㎖에 1억~100억 마리가 있어 요구르트 100배 이상의 양이 된다.

또한 통풍 치료 효과와 콜레스테롤을 제거하여 고혈압, 동맥경화, 고지혈증, 심장병 등의 성인병 치료 효과도 있다. 특히 라이신과 메치오닌이 있어 간 손상을 예방한다. 그 외에도 V-B와 페닐알라닌이 많아 피부를 좋게 하며 항암효과도 크다. 막걸리에는 식이 섬유와 단백질 성분이 있어 소화력이 약하고 손발이 찬 소음인에게는 특별히 권장하고 있다.

젊은 사람은 물론이고 노년의 경우 반주로 한두 잔 마시는 것은 보약이라 할 수 있다. 최근에는 젊은 세대들을 위한 맥주와 양주를 대신해서 맛 좋고, 영양 많고, 색깔마저 좋은 막걸리가 개발되었다. 그런데 영양가 많은 부분은 술병의 밑에 가라앉아 있기 때문에 반드시 잘 흔들어 혼합된 막걸리를 마셔야 효과가 있다.

막걸리가 지역에 따라 특산품으로 생산되고 있는데, 가장 인기 높은 막걸리는 경기도 양평의 지평막걸리로 1925년부터 생산되었다고 한다. 이렇게 좋은 막걸리는 미스터트롯에 영탁이 막걸리 한잔으로 더욱 유명한 향토 술로 등장하고 있다.

오늘도 하루를 마무리하는 저녁 식전에 막걸리 반주 한잔을 한다. 마시기 전에 옛날 어르신께서 하시던 식대로, 술잔에 새끼손가락으로 휘저으면서 거냉(去冷)을 시킨 다음 기분 좋게 들이켜 본다.

아름다운 미덕(美德)을 갖자

매년 가을이 되면 한 해 동안 먹을 가을 김장김치를 담는다. 옛날부터 전해 오는 전통이기에 올해도 어김없이 담게 되는데, 코로나 때문에 문제가 생겼다. 이때가 되면 내 가족들이 전부 모여 같이 만들고 오랜만의 만남이라 정담도 나누는 계기가 되는데, 올해에는 예외가 되었다. 김장하려면 사전에 양념 준비도 해야 하고 배추도 사서 간을 절이고 한다. 그들 중에 제일 큰일이 배추를 준비하는 일이다.

나는 우리 농장에도 배추 몇 포기를 심어 같이 이용하기도 하는데 구입하는 배추가 문제다. 동네에 배추 농사를 짓는 사람이 있어 한 사람은 농약을 쳐서 보기 좋은 배추를 생산해 돈벌이를 잘한다. 그런가 하면 한 사람은 농약은 몸에 나쁜 것이니 배추벌레가 조금 먹어도 안심하고 이용할 수 있도록 재배한 것인데 외관상 보기에 조금 나쁘다고 잘 팔리지도 않고 싼값으로 팔 수밖에 없었다.

이렇게 좋은 생각으로 사 먹는 사람들의 입장에서 농약을 사용하지 않았는데 같은 농사꾼이지만 크게 손해를 보게 된다. 그렇다고 이렇게 농사짓는 농부도 바보는 아니기에 결과를 보고는 그다음 해부터는 먹는 사람들의 사정은 생각지도 않고 농약을 쳐서 벌레가 먹지 않은 배추를 생산해 팔 수밖에 없었다.

사람들이 어울려 살지만 좋은 사람으로 인정받기 위해 처음에는 외모에 치중하므로 성형수술을 하고 화장을 듬뿍 잘해서 예쁘게만 보이려고 한다. 일반적으로 얼굴이 예쁘고 몸매가 잘빠진 사람을 보면 좋은 사람으로 여기고 속으로도 단정하고 예쁠 것으로 생각하기 쉽다. 그렇지만 사물이나 사람을 외형에만 너무 치중하게 되면 진실된 모습을 분별하기가 어려운 것이다. 그래서 악한 마음은 화를 불러오고 착한 마음은 복을 불러온다는 말이 있다.

우리 농장에 들어가는 길이 경운기 정도가 지나다닐 수 있는 좁은 길이었다. 이 길은 내가 어릴 때부터 있던 길인데 지금은 시대가 많이 변해서 길이라고는 거의 포장되어 자동차 길로 되어있다. 세월이 흘러 80년도 지난 길이건만 변화라곤 없었다. 주변에 논밭이 많은 농로이기에 이 길을 통해서 농장에 가는 농부는 많아도 어느 누구도 관심이 별로였는지 방치된 상태로 불편하게 이용하고 있을 따름이었다.

세월이 흘러 퇴임하게 되어서 시간이 많이 생겼기에 특별한 일 없는 날이면 출근하는 마음으로 농장에 다니게 되었다. 이제 이 길도 확장해서 화물차나 승용차가 자유롭게 통행할 수 있도록 해야겠다는 생각으로 이 사업을 추진하게 되었다. 이 일을 수행하기 위해서는 제일 먼저 도로변에 접해있는 농지를 이용할 수 있도록 땅 소유자의 허락 사인을 받는 일이었다.

나는 소유자의 거처도 잘 모르는데 마침 이 지역의 주민 자치회장을 맡은 일족이 있어 도움을 받게 되었다. 이렇게 하는 데에 지주들 대부분은 협조해주었으나 몇 사람은 이유를 붙여 잘 도와주지 않았으나 장기간에 걸쳐 노력한 결과 서류를 만들 수 있었다.

다음으로 중요한 것은 공사하는데 경비가 어느 정도 필요한데 나에게 1/2 정도를 지불해 주어야 작업을 시작할 수 있다고 하였다. 왜 내가 사업을 추진하느라고 시간과 노력도 많이 했는데 하였더니 나의 농지가 제일 안쪽이기 때문이라는 이유였다. 이것은 타당한 이유가 될 수 없다고 생각했다.

그러나 만약 불응한다면 이 사업은 수포로 돌아간다고 하기에 지금까지 추진하는데, 노력한 공과 사업의 성취를 생각해서 승낙하지 않을 수 없게 되었다. 이렇게 공사를 수행할 수 있게 해 놓았기에 시에서는 농로의 확장 포장을 하게 되었다. 이렇게 확장 포장 공사가 완공됨으로써 주변에 있는 배, 감 등 과일을 재배하여 수확해 운반하고, 농지를 관리하고 이용하는 데 기여하고 있다.

지금은 농로뿐 아니라 전기와 수도가 들어와 있기에 별장 같은 집도 지어져 있으며 앞으로 더 많은 주택이 들어설 것으로 생각된다. 이제는 농장에 가는 횟수와 시간이 많이 단축되었지만 내가 주선한 이 길은 영원할 것이며 활용도가 더욱 높아질 것으로 보인다. 작은 사업이었지만 이제 보면 보람된 좋은 일을 했기에 이 길을 지날 때마다 마음 뿌듯한 생각이 든다.

이와 같이 나를 돕고 남을 도울 수 있는 일을 할 수 있는 것도 제일 먼저 가능성 있는 생각을 하고, 이를 추진할 수 있는 여건이 되었기 때문이다. 노년이 되면 신체적으로는 쇠퇴하기 마련이지만 삶을 잘 계획해 그동안 받지 못했던 축복을 받을 수 있는 시기일 수도 있다. 여러 가지 원인으로 미뤄온 일이나, 취미생활을 해볼 수 있는 좋은 기회라고 생각하고 건강하고 재미있고 뜻있는 일을 해야 할 것이다.

이 일은 이웃이나 세상에 기여하는 것으로 승화되기를 기대한 것이다. 어떤 일이라도 그 일이 성공하거나 성취하기에는 많은 시간이 걸린다. 시간을 준다고 해도 이겨 내기란 끈기가 필요한 것이다. 그래서 끈기 있게 그 일을 성취할 때까지 노력했는가? 하는 것이 중요하다.

즐거운 황혼

나이 많은 사람이 임무에 충실할 때는 나이에 대한 평가 없이 살고 있는 사람이다. 몇 년을 더 살지 생각 말고 이 일을 더 계속할 수 있을지를 생각해 보는 것이 좋다. 건강을 지키면서 우아하게 늙을 수 있다는 것은 현실에 만족하기 때문이다.

나이가 들게 되면 자기 일에 충실할 것이지 남의 일에 참견하지 않아야 존경받게 된다. 존경받고 살려면 남의 일에 불평, 경쟁, 절망 등에 참견하지 말아야 한다. 오히려 여유롭고, 용서할 줄 알고, 재미있는 삶을 살아야 할 것이다.

하루에 최선을 다하면서 살아야 할 것이다. 그러기 위해서는 가장 중요하게 생각할 것이 건강에 유의해야 한다. 육체적인 건강도 중요하지만 정신적 건강에 녹슬지 않아야 하는 것이 장수 비결이라 생각할 수 있다. 자연과 더불어 살면서 햇볕에 걷기운동이나 맑은 공기를 접할 수 있는 계기도 중요함을 생각해야 한다.

노후의 친구는 가까이 있어야 한다. 같은 취미를 가지고 자주 만날 수 있는 사람으로 살아가는 길이보다 단순해야 한다. 이것은 자연을 벗 삼아 사는 길과 똑같다고 보면 될 것이다.

오늘은 가까이 뒷동산에 오르기로 친구와 약속되어있어 다녀왔다. 이 산 정상까지 오르는 데는 여러 갈래의 길이 있어 거리는 조금 멀어도 평탄한 길이 있다. 그러나 경사는 조금 심해도 거리가 짧은 길도 있다. 물론 이들의 중간 정도인 길도 있는데 문제는 어느 길을 택하느냐에 따라 여건이 다를 수 있는 것이다.

오늘의 건강 상태, 동행하는 사람들의 심리상태, 하루의 시간 등이 길을 택할 수 있는 선택권이 좌우된다. 그런데 문제가 생겼다. 같이 가는 친구가 강아지를 데리고 왔는데 이 친구가 발을 헛디뎌 넘어지고 말았다. 주변에서 이 일을 보고 전혀 예기치 못한 일이 일어나서 일으켜 세우고 했는데 등산을 중단할 지경에 놓였다.

하는 수 없이 등산을 중단하고 친구를 부축하며 하산하게 되었다. 내려오면서 갑자기 여러 생각에 잠기게 된다. 친구는 강아지를 안고 내려오면서 본인의 불편한 점도 모르고 침묵 속에서 걸었다. 참 어려운 일인 것은 이러한 일이 일어날 것이라고 예고도 없었는데, 오늘 하루의 평탄치도 못한 삶의 일부분이 되고 말았다.

지혜롭고 행복한 사람이 되어야 보람을 느낄 것이다. 하늘과 구름과 같은 인생 탐욕은 줄이고 순간순간 즐기고 자연을 벗 삼으며 남은 인생 즐겁게 웃으며 살아야 한다. 너도, 나도 아닌 우리 인생이 되어야 할 것이며 항시 배려하는 사람이 되어야 보람이 있는 것이다.

생각한 것이 좋은 글을 써서 많은 사람에게 기쁨과 즐거움을 줄 수 있는 길이라고 보고 한 자의 글이라도 잘 써야겠다고 마음먹었다. 한 줄의 글일지라도 정말 기쁨을 줄 수 있다면 남은 인생 더욱 보람되고 행복한 길이 되지 않겠는가 하는 마음 간절하다. 그러기에 오늘도 한 폭의 글을 쓸 수 있다는 것이 대단한 행복이라는 느낌이다.

인생은 친구를 많이 두는 것이 좋은 일이고 보람된 시간을 보낼 수 있기에 새로운 글이 발표되면 복사해 나누어 주기도 하면서 기쁜 마음을 가지게 된다. 지나고 보면 모두가 그리운 것뿐인데 동행하게 되어 행복하고 감사하게 생각해야 할 것이다.

행복한 삶

한 번밖에 없는 인생의 길이기에 어떻게 사는 것이 좋은 삶인가를 생각해 본다. 작은 것에서 행복을 느끼는 사람이 가장 행복을 아는 사람이다. 책 읽고, 생각하며, 글을 쓸 수 있는 문학은 나에게 좋은 휴식이고 행복한 삶으로 만들어 주는 좋은 방향이다.

어떻게 보면 굳이 누구를 만나지 못해도 외롭거나 지루함을 느끼지 않는다. 이렇게 늦게나마 말년에 문학인으로서 생활하며 봉사할 수 있어 내 인생에 고마움을 전하고 있다. 누가 말하기를 은퇴는 새로운 삶의 시작이라고 했다. 젊은 시절의 직장은 사회적, 경제적인 존립으로 모두 힘들고 최선을 다해 보낸 세월이었다.

이렇게 생활하다가 은퇴를 하게 되니 새로운 삶을 시작하는 것과 같다. 모든 것에는 시작이 있으면 끝이 있듯이 사람들의 생활에도 영원한 것은 없다. 전문직의 역할로서 가지고 있는 재능과 봉사활동으로 남아있는 여생을 보내는 것이다. 준비 없이 생활하고 시간이 지나게 되어 죽음을 맞이하는 것은 일종의 재앙을 일으키는 결과가 될 것이다. 이러한 재앙을 피하려면 적어도 본인의 건강, 경제, 시간은 만들어 운영해야 한다.

나이 들어 자신을 재발견하고 더불어 삶을 즐기는 운명을 만들어 가며 죽음을 맞이해야 할 것이다. 젊은 시절에는 누구나 무엇을 하며 어떻게 살아갈 것인가 걱정하며 계획을 나름대로 세워 보지 않을 수 없는 것이다.

나는 4남매의 장남으로 태어났으며 아래로 남동생과 두 여동생이 있다. 그러나 아버지가 내가 중학교 3학년 때 유명을 달리하셨다. 자연적으로 경제 사정도 어렵게 되고 세상살이가 힘들게 되었다. 고등학교를 졸업하고 의사가 되고 싶은 생각이 들어 진학하려 했으나 뒷바라지가 힘겨워 어머니께서 허락해주시지 않았다. 그리하여 집 앞에 있는 농과대학에 다니게 되었다. 열심히 공부하였기에 우등생으로 졸업하여 모교에 교수 생활을 하며 후학 양성하는 데 매진하게 되었다.

세월이 흘러 자연적으로 정년퇴임을 하게 되었다. 이렇게 삶이란 희망, 기쁨, 만남, 이별과 같은 일을 참고 견디면 행복이 오게 되는 것이다. 한평생 삶의 모든 일은 시간이 지나고 세월이 흐름에 따라 자연적으로 서서히 잊히게 되고 사라지는 것이다. 그러나 글로 남겨 놓으면 없어지지 않는 영원한 유산이 될 것이다.

글 한 편 한 편은 체험을 바탕으로 인생의 향기가 묻어 있기에 한 폭의 수필은 인생의 경지가 되는 것이다. 이러한 수필은 본인의 진실과 토로의 글이기에 독자와 대화가 통할 수도 있다. 본인이 쓰는 수필은 평상시의 체험을 통한 글이고 수필가의 인생 경지에 따라 만들어지기에 삶과 폭넓은 인생의 길을 생각할 수 있게 한다.

세상에 태어나서 꿈 많은 어린 시절도 있었지만 나이 들어 어떻게 살아야 행복한 인생이 될 수 있을까 하는 생각도 많이 했다. 직업은 살아가는 수단으로 그 종류도 많으나 교수 생활을 하는 것도 나의 생존과 행복을 성취하는 한 방법이고 교수로서 자부심과 긍지를 가지고 살았다.

1960년대만 해도 우리나라는 가난한 농본 국가이기에 국민의 생활이 대단히 어려운 시절이었다. 나는 조교로 임용되어 학과 교수님과 학생들을 도우다가 3년 후에 전임 강사로 승진하였다. 그후 열심히 연구하면서 근무한 결과 조교수, 부교수를 거쳐 당시 법정 최소 연한인 14년 만에 정교수로 승진하였다. 그 과정에서 국제 학회에도 많이 참석하였으며, (사)한국 동물자원과학회장도 역임하여 학계나 업계에 많이 기여하게 되었다.

재직하면서 업적으로는 내가 지도해 놓은 농학박사 15명이고, 석사는 31명이며, 학부 졸업생은 많아 전국에 산재해 있다. 전공하고 있는 분야의 책도 한우학을 비롯해 많이 출판한 편이다. 그외에 관련 학회지에 많은 논문 쓰기를 열심히 수행했기에 지금도 분야는 다르지만, 글쓰기를 잘 수행할 수 있는 기본이 되어있는 것으로 볼 수 있다.

이제 독서하고 생각하면서 글 쓰는 문학은 나를 즐겁게 하고, 휴식시키는 방안으로 행복한 삶과 소통이 되고 있다. 때가 되면 차가운 공기를 이기며 꽃을 피우는 매실나무처럼 어렵게 잘 견디어, 이제는 문학인으로서 은퇴 없는 남은 시간을 잘 지내고 있다.

수상 소감

올해에도 우리 농장에 심어놓은 목련화는 봄소식을 전하느라 꽃 몽우리가 돋아 오르고 있는 가운데, 등단 3년 만에 쓴 수필집이 작품 대상이라는 이렇게 큰상을 받게 되었기에 기쁜 마음 감출 길 없었다. 돌이켜 보면 지난 2017년 3월에 수필 신인 작품상을 받고, 이후로 계속 수필을 쓰게 되어 "내 인생의 향기"라는 수필집을 첫 작품으로 출판하게 되었다. 이렇게 뜻하지 않게 작품 대상까지 받게 된 것을 감개무량하게 생각합니다.

평생을 농과대학에서 축산학을 전공하며 연구하고 가르치고 긴 세월 살아왔습니다. 이제 전공을 접고 늦게나마 제2 인생에 접어들어 새로운 문학에 입문하여 마음의 안식처를 찾은 것을 큰 다행이라 생각한다. 그러나 새로운 학문 분야인 문학가가 된다는 것은 많은 노력과 시련이 필요한 것이었다.

새로운 글을 쓴다는 것은 힘은 들지만 완성되어 발표된 것을 볼 때면 성취감과 행복감이 넘치기도 합니다. 수필을 쓴다는 것은 나의 지난날들을 회상하는 기회이면서, 쓰다가 보면 나의 삶에 대한 이정표로 지난날의 희로애락이 보이기도 한다. 이번 작품상을 계기로 보다 알차고 보람 있는 글을 써서 읽는 사람들의 마음을 보다 더 즐겁고 마음에 와닿는 좋은 글이 되도록 많은 힘을 기울이도록 다짐하기도 했습니다.

수필이란 자기 생활을 토대로 삶의 깊은 자리에서 생긴 생활 문학이며 대중문학이라 할 수 있다. 그래서 수필은 자기 인생 체험이기에 그 삶이 어떠했는지에 따라 단맛과 쓴맛을 경험한 것을 글로써 표현한 것이다. 이와 같은 뜻에서 보면 인생의 길이에 따라 격조 높은 삶을 잘 풀어서 정리한다면 진정한 수필이 될 것이며 자리매김을 문학가로 인정받게 될 것이다.

자기의 전 생애가 시대적 배경에 따라 글 속에 나타나기에는 많은 배경과 경험이 있게 마련이다. 이것이 그 시대의 문화적, 역사적 견지로 보아 세대 간의 가치나 인식의 차이가 될 수 있는 것이다. 상대방이 감동할 정도로 글을 잘 쓴다는 것은 하늘에 있는 별을 따는 거나 다름없이 어려운 것으로 생각한다. 그러나 과학이 발달하여 달에도 쉽게 갈 수 있을 정도이니 마음을 게을리 먹어서는 안 될 것이다.

인생살이에 중요한 것은 자기의 일을 성취하는 것이지만, 실패할 수도 있다. 그러나 실패하더라도 좌절해서는 안 된다. 아무리 어려움이 닥쳐도 뚫려 있는 하늘을 바라보면 희망이 생기게 되어 있다.

글을 잘 쓰는 작가보다, 글을 더 잘 쓸 수 있다는 꿈을 안고 사는 사람이 더 아름답다고 한다. 그 꿈은 사람의 생각을 한층 위로 끌어 올려주는 날개이기 때문이다. 어떤 일이나 결과에 대한 기대치보다 수행하는 과정의 중요성을 가지고 임해야 할 것이다. 설령 결과치가 만족지 못하더라도 포기하지 않고 자부심과 긍지를 잃지 않아야 한다.

살다 보면 이제 걸음을 시작한 사람, 중턱에 오른 사람이 있는가 하면 정상에 오른 사람도 있다. 인생 삶이 한걸음, 한걸음 계속 걸을 수 있다는 것이 행복이 아닌가. 매년 피는 꽃의 모습은 똑같아도 그 꽃구경 오는 사람의 모습은 다르다고, 아늑한 시골집에서 꽃을 가꾸고 큰 취미생활로 살고 있는 주인의 이야기이다. 어릴 때 부모 따라오던 아이가 이제는 자기 아이를 데리고 구경 온 것이다. 이 광경을 보고 무심코 한평생을 살았건만 내 모습도 얼마나 변했을까 생각해 보니 새삼 세상 보는 눈이 달라진다.

재직하는 동안에는 많은 수상도 했지만, 오늘도 이렇게 큰 작품 대상을 받을 수 있게 된 것은 아내의 큰 사랑과 아들, 딸들을 비롯한 가족 그리고 친구 여러분의 덕분이라고 생각하며 감사의 인사를 드립니다. 그 외 주변 사람들과 대상으로 뽑아주신 심사위원님, 임수홍 대표님께도 감사의 인사를 드립니다.

끝으로 2021년 새해에는 코로나가 사라져서 몸과 마음이 모두 자유롭고 행복한 한 해가 되었으면 하는 바람입니다. 감사합니다.

오늘도 어제와 같은 하루

 살아가는데 소요되는 시간은 과거, 현재와 미래로 나눌 수 있으나 제일 중요한 시간은 현재라고 한다. 그러기에 누구나 좋은 하루가 반복되기를 원할 것이다. 사람에 따라 자기들의 일과가 있겠지만 나는 아침 5시 30분경이면 자리에서 일어나서 간단히 준비운동을 하고 옷을 입고 늘 먹던 대로 아침 식사를 한다. 오늘도 날씨가 덥기에 일찍 파크골프를 치기 위해 아내와 같이 어제도 갔던 운동장으로 간다. 이것이 건강관리에 가장 중요한 과제라고 생각하기에 특별한 일이 없는 한 이렇게 하루의 일과로 삼고 있다.

 도착해보면 어제 참석했던 회원이나 동료들과 만나 간단한 인사로 만남의 기쁨을 서로 교환하는 것도 즐겁다. 매일같이 만나서 게임을 하고 하지만 어쩌다가 개인 사정이 있어 참석하지 못해 만나지 못하면 마음 한구석에 서운함을 갖게 된다.

 매일 같이 거듭되는 동료들과의 만남이 자연적으로 반복되어 몸과 마음에 익숙하게 지내는 동안 똑같은 감정으로 과거인 어제의 습관 속에서 지내게 된다. 이렇게 생활하다 보면 본인의 몸은 무의식적으로 움직이게 되고 과거와 연속되는 하루를 지내게 되어있다. 뿐만 아니라 그 과거가 나의 미래가 될 수도 있는 것이다.

좋은 습관은 길들이기 어렵지만, 좋은 습관은 좋은 마음을 가지고 노력해야 할 것이다. 몸은 생각에 지배받기 때문에 좋은 몸을 유지하기 위해서는 건전한 정신이 중요하다. 건강이 좋지 못하면 몸을 새로운 마음에 길들이기 위해 좋은 습관을 가질 수 있도록 좋은 설계를 해보아야 할 것이다.

사람에 따라 지식의 정도는 차이가 있다고 하지만, 우리 인간은 한 치 앞도 내다볼 수 없는 존재라고 한다. 세월이 흘러 나이가 들게 되면 지혜가 쌓이게 되어있다. 그 지혜의 문만 열게 되면 인생의 많은 난관을 슬기롭게 헤쳐 갈 수 있으니 다행이다.

오늘도 4명이 어울려 게임 룰에 맞추어 게임을 하는데, 지금은 신인들이 많이 참석하여 룰을 조금은 위반하는 경우도 있다. 그런데 재미있는 것은 한 타씩 치면서 공을 보고 하는 말들이 다양하게 있다. 예를 든다면 "잘 간다", "또 오비(ob)다", "죽었다", "아이고 왜 곡(哭)을 하지 안 해" 등의 말들을 한다. 공이 말을 알아듣지 못해서 다행이지, 만약 답을 한다면 매우 많은 말을 할 것이다. 공을 쳐본 사람은 충분히 이해되는 것이 마음대로 잘되지 않기 때문에 같이 공치는 선수들이 재미있게 일문 화답하는 것이다.

이렇게 오늘도 한바탕 웃기도 하고 재미있는 시간을 보내고 한다. 거듭되는 일상생활은 습관이 되는 것이기에 오늘은 더 좋은 분위기 속에서 유쾌한 하루가 되게 노력해야 할 것이다. 이렇게 어제의 좋은 분위기가 오늘도 기분 좋아 계속되는 날들이 연속되기를 기대해 본다. 현재 우리 파크골프 구장의 회원이 90명 이상인데, 회원등록이 19번째이지만 나이는 제일 많은 80대이기에 혹시 나 때문에 누를 끼치지는 않아야 할 것인데 하는 마음도 간절하다.

만약 흘러가는 말이지만 귀에 거슬려 마음을 상하게 된다면 즐거운 게임이 되지 못할 것이다. 계속 만족할만한 분위기로 나아가야 할 것이며 오늘도 변함없이 이어지고 충실한 하루가 되기를 기대한다.

복(福) 받고 사는 인생

좋은 일은 만들어 가면서 살려고 노력해야 한다. 이것이 복 받는 길이다. 사람들로 하여금 사랑과 존경을 받으려면 남을 탓하지 말 것이며, 복을 받고 싶으면 자신이 남을 그렇게 해야 할 것이다. 사람의 복중에서 가장 귀중하고 큰 복으로 인정받는 대복을 받으려면, 남에게 감사할 줄 알고 자존심과 자만심을 가지고 항상 웃으며 감사하는 마음으로 예의 바르게 대해주어야 한다.

이렇게 하기 위해 자기 삶의 목표와 비전을 세우고, 본인이 잘 실천 할 수 있도록 노력해 보아야 할 것이다. 자기에게 일어나고 있는 일들이 모두 자신에게 다짐하고 실천하는 것이 중요함을 잊지 말고 남을 사랑하고, 사랑받는 법을 배우는 것 또한 중요한 것이다. 경제적으로 어려웠던 시절에는 돈이 있으면 시간이 없고, 시간은 있어도 돈이 없다고 이야기하였으나, 이들이 갖추어지면 건강이 되지 않는다고 하는 사람들도 많았다.

복 받고 잘살기를 원한다면 많은 복을 만들도록 애써야 할 것이다. 복이 많으면 가족이나 친구나 이웃에 나누어 주어야 하는데,

어린 시절에 부모는 세상에 필요한 사람이 되도록 정성을 다해 가꾸어 주었으니 당연히 보답해야 할 것이다. 친구에게도 내가 손해를 보아서라도 서로 돕고 이해심을 가지고 좋은 우정을 북돋우어야 한다. 이렇게 서로 도움을 주는 것은, 독불장군이 없다고 하듯이 서로 행복해지는 길이 될 것이다.

자기가 스스로 인정하지 못한다면 이것은 불행의 첫걸음이 될 것이다. 다음으로 가정이 중요한 것은 같은 공간에서 밤낮 할 것 없이 가장 시간을 많이 가질 수 있는 사람들이기 때문이다. 그러나 성장하고 직장을 갖게 되면 자연적으로 많은 시간이 동료 쪽으로 넘어가게 되고, 여생을 이들과 갖게 되어 있다.

살다가 나이 들어가면 늦게 되어 있기에 할 수 있는 한 기쁘고 즐거운 일을 만들도록 마음먹고 좋은 일이 성취되었을 때는 웃어주고 기뻐하는 것이 복 받을 일이다.

진실한 마음가짐이 있으면 부자건, 가난한 사람이건 허물없이 행복하게 잘 살아갈 수 있다. 언제나 자기에게 적당한 때와 기회가 있으리라 생각하지만, 그것은 모두 기다리는 것도 아니며 또한 너무 멀게 있는 것도 아니니 할 수 있다면 마음먹었을 때 미루지 말아야 한다. 자기 마음에 좋으면 남의 눈에도 좋은 것이 일반적이기에 미루지 말고, 좋고 귀중한 것이라면 애지중지하면서 이것을 사용하여 후회 없는 삶이 되도록 해야 한다.

중요한 것은 흉하게 되도록 하는 것들이 있는데 그들 중 경쟁심은 버리고, 불편하거나 의심나는 것들도 버리고, 현재 자기 위치를 잘 파악하고 오늘 일에 최선을 다하고 살아야 할 것이다. 매일 변해가는 몸 자고 일어나면 하루 10분이라도 좋으니 운동 습관을 만들어 계속하도록 노력해야 한다.

살다가 보면 좋은 일 싫은 일이 생기는데 이러한 문제를 잘 처리하고 지혜롭게 해결할 수 있는 그 사람의 인생길은 밝은 것이다. 보통 친구들끼리 가끔 모여 놀아도 서로 간에 칭찬하는 것은 아끼고 흉보기를 많이 한다. 그러나 친구 간인 만큼 그러한 마음가짐을 바르게 하는 것이 교육이요, 수련이며 또한 자기성찰이라 할 수 있다. 그래서 옛날부터 백 명의 친구보다 한 명의 적이 무섭다는 말이 있다. 그러기에 웃는 마음으로 폭넓게 베푸는 심정을 가져야 한다.

아침에도 엘리베이터를 탔는데 이분의 얼굴은 항시 밝은 모습이었다. 그분의 얼굴은 아름다운 풍경이요, 지적인 한 권의 책이라 하겠다. 아마 행복한 사람일 것이다. 우리나라 사람들은 남들과 서로 비교해 자기가 특별하다는 우월감과 그렇지 못하다는 열등감을 가지고 사는 사람이 있어, 교만에 빠지거나 열등감을 가져 불행해질 수도 있다. 특별하거나 그렇게 똑똑하다고 생각하지 말고 자기 능력으로 도움을 줄 수 있고, 스스로 개척하며 주변에서 감사하다는 말을 들으며 살아야 복 받고 사는 길이다.

지금 나는 시간을 조금이라도 효율적으로 사용해야겠다는 뜻에서 책 읽기와 글쓰기로 하루를 마무리한다. 여러 분야의 책들도 많지만, 마음의 양식이 되는 책이나 건강에 관한 것들이다. 하루를 마칠 즈음에 가장 마음 깊이 새기는 것은 글을 어떻게 써야 독자들에게 감명을 줄 수 있을까 하는 마음가짐이다.

제3장

지혜로운 삶

귀한 인생 알고 살자

살면서 늘 배우려고 노력하는 사람이 되고, 서로 협조하고 주어진 몫에 불만보다 만족한 자세로 살아야 현명한 사람으로 인정받을 것이다. 나이 들어가면 자기가 처한 현실에 겸손한 마음가짐을 하고 적시 적소에 용돈도 쓸 줄 알고, 긍정적인 생각으로 남에게 피해를 주지 않도록 조심히 살아야 한다.

지내온 인생 한번 뒤돌아보고 어떻게 한 것이 잘살게 했는지, 지금부터라도 어떻게 하면 사회에 조금이라도 공헌하면서 살 수 있을 것인가, 생각해 볼 필요가 있다.

존경을 받고자 하면 놀 때와 일할 때를 잘 구분하여 자기 일에 전념해야 하고, 살아 있을 때보다 죽은 후에도 이름이 더욱 빛나는 사람이 되도록 해야 할 것이다. 골골거리는 백 살이 아니라 팔팔한 백 살을 살아가는 백세 시대가 왔다. 후회 없이 살고 긍정적인 마음으로 전진해야 할 것이다.

어차피 인생은 후진도 반복도 할 수 없는 일회성 전진만 할 수 있지 않은가! 고대 그리스의 철학자 디오게네스는 "쓸데없는 욕심은 버리고, 지금 이 순간을 만족하며 즐기고, 부끄럽지 않은 삶을 사는 게 행복"이라고 했다.

어느덧 팔순 고개를 넘기니 시간은 더욱 급류를 탄 듯이 빠르게 흐르고 있다. 어제가 월요일인가 하였더니 금방 토요일이라 일주일이 지나간다. 친구들과 틈틈이 안부 전화도 주고받고 했는데, 점점 끊기게 되고 자기만의 시간이 더 많아지게 된다. 이러한 처지에 부부가 함께 살아 있는 경우에 70대 이후에는 국보급으로 인정하고 존중해 주어야 하고, 순간적인 오해나 자기만족에 부족함이 있어도 이해하며 살아야 할 것이다.

배움의 문턱에 있는 사람들은 어디서 무엇을 할 것이며, 어떻게 사는 것이 옳은 삶인지를 잘 모를 수 있다. 자기의 장점을 살리고, 취미, 낭만, 기쁨, 사랑, 봉사, 여행 그리고 삶의 목표 설정 등 잘 알아야 할 것이 많다. 이것들을 일찍 알게 된다면 더 많은 성취감과 행복을 찾을 수 있으리라 생각한다.

지금까지 한평생 살아오면서 터득한 일들을 회고하면서 젊은 사람들에게 중요하다고 생각되는 교육적인 점들을 한번 짚어보려 한다. 이 내용은 많은 경험과 정서가 들어 있기에 참고가 되기를 바라는 마음이다.

첫째. 지금 결정한 일이 옳은 일인지 잘 판단할 것.

내가 지금 하고자 하는 모든 일에 연관되는 것으로서, 일의 대소사를 떠나 잘 판단하기 위해 순간순간 충분히 생각해 보고 추진하는 태도가 필요하다. 이것은 시간이 지나서 성공 또는 실패로

결론 날 때 성공의 확률을 높일 수 있는 방안이다.

둘째. 처한 상황을 긍정적으로 보는 태도.

부정적 태도는 그 시작부터 스트레스를 안고 일에 임하게 되는데 큰 스트레스는 만병의 근원으로서 가장 중요한 건강까지도 해칠 수 있다. 긍정적 태도로 그 일이 잘될 거라는 자신감과 연계한다면 진행 과정도 즐거울 것이며 배우는 점도 많을 것이다.

셋째. 조금 심각한 병이라 생각되면 최소한 3명의 의사에게 진찰받을 것.

살다가 보면 아프지 않고 지낼 수가 없다. 자기 생명에 관한 것이기에 무엇보다 중하게 여기고 돈이 좀 더 들더라도 정확한 진단을 받아야 한다.

넷째. 돈거래 또는 보증은 절대로 서지 말 것.

친구에게 돈을 빌려주려면 되돌려 받지 않아도 될 한도 내에서 해야 한다. 돈거래는 무엇보다 후유증이 너무도 크기 때문이다.

다섯째. 규칙적인 생활 습관을 가지고 살아야 할 것.

건강한 생활을 하려면 아침에 일어나고, 저녁에 자고, 식사하는 시간을 일정하게 규칙적으로 시행해야 한다. 이것이 건강생활의 기본이다.

여섯째. 계획을 잘 세워 일을 할 것.

일의 목적에 맞추어 장단기, 필요한 방법 등의 계획을 잘 세우고 그에 따라 체계적으로 추진해야 한다. 아울러 긍정적인 태도로 최선을 다하여 일을 완성한다면 그것이 곧 성공이다.

마지막으로 사람과의 신뢰를 쌓기 위해 약속을 지키는 사람이 되길 바란다.

　　이러한 일들을 하루라도 더 일찍 실천할 수 있는 사람이라면, 더 행복한 인생을 살아갈 것이라 확신한다.

보람 있게 살자

인생은 긴 여정이라 생각한다. 그러기에 소년 소녀 시절, 청년 시절, 장년 시절과 노년 시절이 있지만 그 시절에 따라 삶의 태도에는 여러 가지 차이가 있기 마련이다. 살아 보면 이들의 시절에 따라 느낌이나 생각이 다른데, 제일 좋은 시절이 그래도 체력 좋아 힘 있고, 자립해 경제적 능력이 있을 때라고 본다.

요즈음 젊은 사람들은 일도, 마음도 바쁘기만 하고 자기에게 주어진 임무를 다하는 데 힘에 벅차서 쉬어도 마음은 무겁고, 해야 할 일은 언제가 끝인지 불안하기도 하다고 한다. 그러면서 젊어서는 실수로 인해 실패도 할 수 있다. 이러한 일들이 성숙되어가는 과정이기에 너무 실망할 것도 아니다.

사람들은 인생을 달리는 열차에 비유해서 보거나, 축구 경기에 견주어서 말하기도 한다. 나는 우리 농장의 매실나무와 열매에 견주어 생각해 본다. 차가운 긴 겨울을 지내고 한해의 봄을 알리는 매화꽃이 있다.

일찍 꽃이 피어 농장의 아름다운 분위기를 만들 뿐만 아니라,

마음도 따뜻한 한 해가 되도록 나를 맞이해준다. 이렇게 아름다운 꽃은 곧 열매로 변신하여 이들의 자라는 모습이 정말 정겹게 보인다. 꽃핀 춘삼월이 하늘의 햇빛을 받고, 땅에 거름 먹어 6월이면 수확하는 때가 닥쳐온다. 올해에도 수확의 시기가 되었기에 매실은 광택 나며 몽실몽실하게 매달려 수확하기를 기다리는 모습이었다. 우리 인생도 노년기에는 그에 맞춰 노화되어가는 과정이라 생각하고, 늙는 것이 아니라 매실처럼 상큼하고 향기롭게 익어가는 것이라 생각하면 좋을 것이다.

이웃을 사랑하고 남을 도와 가면서 사는 것이 흥미로운 일이요, 보람 있는 삶이 아니겠는가. 이렇게 서로 의지하고 도움을 주며 사는 것이 즐거운 일이 될 것이니 조금씩 양보하고 살아야 할 것이다. 이러한 삶의 자세가 인간이라는 과일을 보다 천천히 무르익게 하도록 애써야 할 것이다.

모든 생물은 생명이 있기에 오래 살거나 짧게 살거나 결국은 죽음이라는 과정을 맞이하게 되어있다. 만물의 영장이라는 사람의 삶을 보게 되면 죽음을 잘 준비해야 한다. 주변에 가족이나 친구들이 죽음을 맞이하는 경우 마음이 많이 힘들게 되기 때문이다.

이렇게 맞이하는 죽음을 어떻게 살아야 잘 준비하는 것일까?

사람들은 죽음에 대한 공포감이 있기 때문에 이를 조금이나마 모면하기 위하여 종교를 믿으며 이를 해결하려는 사람이 많다. 불교나 기독교, 천주교 등 본인의 개성에 걸맞은 종교를 믿으며 참

되게 살고, 남을 위하면서 서로 돕고, 자기 희생정신으로 살아가야 한다. 어떤 종교이거나 관계없이 사람됨의 기본정신을 지키며, 남을 해치지 않는 본능적인 정신 상태를 유지해야 할 것이다. 이렇게 사는 것이 자기 삶에 대한 두려움 없이 잘 사는 길이다.

지나간 추억이지만 더욱 성숙하고 익어가는 과정 중에서 즐기는 방법도 배우고 익혀 자연스러운 노화가 되어야 할 것이다. 서로 조금씩 양보할 수 있는 것을 미덕으로 여기고, 여건과 환경에 맞추어 즐거움을 만들며, 행복한 삶을 이룩하도록 노력해야 한다.

하루살이와 같이 하루하루가 중요하다고 생각하면서, 몸도 중요하지만 마음이 더 중요하니 이를 귀중하게 여겨야 할 것이다. 오늘도 한 점 부끄러움 없이 나의 계획에 맞추어 잘 진행되었는지, 반성하고 만족한 하루가 되길 바라는 마음이다.

좋은 생각으로 살자

세상에는 돈 많고, 권력이 높다고 하여 과시하려는 사람이 있는가 하면, 경제력이 약하더라도 자기 것을 나누어 베풀며 사는 훌륭한 사람도 있다. 우리는 더불어 살아가고 있기에 이웃에 인정을 베풀고, 좋은 사람으로 인정받으려 노력해야 할 것이다. 어려운 상황이라 할지라도 사람다운 행동과 태도를 유지하는 이를 옳은 사람이라고 인정한다.

먼저 자신이 잘살아간다는 느낌으로 살려면 가정이 화목해야 한다. 화목한 가정은 자신에게 최고의 선물이라 생각하고, 잘 유지하기 위해서는 온 가족이 합심해야지 누구에게 떠넘겨서는 안 된다. 진정한 행복을 느끼려면 자신이 직접 참여하여 만들어야 더 만족함을 가질 것이다.

남이 잘되는 것을 도우려는 사람과는 반대로 남이 잘되면 배가 아파하는 사람도 있다. 이러한 사람은 자신의 잘못된 점은 찾지도 못하면서, 스스로 인정하지도 않기에 남에게 존경받기도 어렵다. 자신의 잘못된 행동이나 단점은 솔직하게 받아들여 개선하고, 겸손하고 좋은 생각을 하며 살아야 할 것이다. 또한 남이 자기를 인정해 주지 않아도 언짢게 생각하지 말고 이해하며 스스로 만족감을 갖도록 해야 한다.

누구나 살아가는 규칙과 원칙을 스스로 정해놓고 생활하는 것이 남에게 실수하지 않고 지낼 수 있지만, 융통성 없이 지나치게 원칙만 따진다면, 주변에 사람이 모이지 않거나 힘들게 된다. 물이 너무 맑으면 고기는 모이지 않는다는 속담도 있다. 일의 주된 것과 부수적인 것을 잘 판단하여 처리하는 것이 필요하고, 근본적인 문제를 정확히 파악하여 융통성을 발휘하고, 그 일이나 상황을 정상적으로 할 수 있도록 해야 하겠다. 나무뿌리가 마르면 죽게 되고, 물줄기는 근원이 끊어지면 마르게 되는 것을 생각하고, 일의 근원을 정확히 알고 중하게 여긴다면 만사가 형통할 것이다.

만나면 밝고 선한 마음으로 상대방에게 호감을 줄 수 있도록 행동해야 한다. 사람과의 만남이 소중한 가치가 있다는 것을 아는 사람과의 만남은 새로운 긍정적인 삶을 창조해 낼 수 있다. 특히 좋은 생각을 가진 사람들……

최근 들어 우리 사회에 많은 발전의 이면에는 상대적인 소외와 빈부격차가 많아 계층 간이나 지역 간에 갈등이 심화되고 있다. 다양한 사회 각 분야의 경험과 삶의 연륜에서 얻은 지혜를 거울삼아야 할 것이다.

어제는 어쩔 수 없이 지나간 날이지만, 오늘은 지난날을 거울삼아 새로움을 창조할 수 있는 날이고, 내일은 꿈과 희망이 있는 날이라 생각해야 한다. 많이 배우면 배울수록 고개를 숙이는 사람이 있는가 하면, 반대로 교만해지는 사람도 있다. 이것은 마치 아무리 영양가 높은 음식이라 할지라도 잘못 먹으면 체하는 것처럼, 지식도 잘 받아들여야 옳은 지식이 되는 것이다.

그래도 자기 몸이 불편한 생활을 해본 경험이 있는 사람에게는 자기 몸이 건강하면 모든 것을 소유한 것이라는 것을 느끼게 한다. 항상 건강하게 생활하면서 남의 건강이나 권력과 부에 대한 생각만 하고 지내던 사람이 건강을 잃게 되면 그것보다 값진 것이 없구나라는 것을 되뇌게 한다.

자기가 하고 있던 일이 끝나가는 어떤 시기에 그간 해온 일과 행동을 반성해 보는 시간을 가져야 한다. 이렇게 함으로써 더욱 옳은 삶을 살 수 있을 것이다. 그리고 지나친 욕심은 버리고 조금씩 양보하면서 배려하는 좋은 생각을 갖고 살아야 한다.

이것이 옳게 사는 길이 아닐까!

이제라도 남의 말 잘 새겨듣고, 베풀어 가며, 융통성 있게 좋은 생각을 가지고 살아가야 할 것이다. 평소에 좋은 생각을 가지고 사람의 마음을 얻게 된다면 아무리 어렵고 힘든 상황에 처하더라도 실망하지 않을 것이다.

살다가 보면 어려운 일이 생길지라도 그 일을 해결하는데 절대 불가능하다는 생각은 버리고, 나는 해결 할 수 있다고 마음을 가

져야 한다. 항상 좋은 일을 생각하면 좋은 일이 생기고, 나쁜 일을
생각하면 나쁜 일이 생길 거라고 믿으며!

좋은 말

사람이 정상적으로 살아가는 데는 말이 필요하다. 그 말 중에서 인간에게 크게 영향을 끼치는 말은 참말과 거짓말로 크게 나눌 수 있다. 거짓말 중에도 남에게 해를 끼치지 않는 거짓말은 하얀 거짓말이라 하고, 죄가 있는 거짓말은 까만 거짓말이라고 한다.

어린아이가 태어나면 제일 먼저 엄마로부터 말을 배우게 된다. 그러한 말은 성장 단계에 따라 크게 변화도 있지만, 좋은 말을 배우기 위해 학교에 다니게 된다. 생각하는 것을 말로 표현하기 때문에 지적 수준에 따라 말의 수준도 다르게 된다. 그러한 말을 어쩌다가 본의 아니게 불쑥 내뱉어놓고 후회하는 경우도 있다. 친구들과의 모임에서 재미있게 놀다가 갑자기 치솟는 화로 인해서 본의 아니게 뜻하지 않는 말실수로 난장판을 만들 수도 있기에 말조심해야 한다고 어른들은 아이들을 가르치곤 한다.

"말은 은이요, 침묵은 금이다"라는 격언도 있다.

좋은 말을 하기 위한 준비 단계로서 침묵이 필요한 것인데, 결국은 말로서 문제를 해결하는 것이다. 사람에 따라서 말을 잘하기도 하고, 못하기도 하지만 역사적인 위인들인 공자, 맹자, 소크라테스 같은 성인들도 그들의 사상을 말로써 표현하고 있다.

우리가 만나는 사람들은 여러 종류가 있어 그 종류에 따라 만나는 사람들이 분류되기도 한다. 옛날에는 사랑방에 가면 이야기를 잘하는 사람이 있어서 그분의 이야기를 듣기 위해 모이기도 했다. 그분의 이야기가 남녀 간의 사랑을 엮은 이야기나, 어렵게 고생하며 살아가는 생활을 극복할 수 있는 이야기들은 좋은 내용이다. 이와 같이 인생의 단맛과 쓴맛에 대한 이야기는 그 인생의 희로애락에 대하여 매력적이면서도, 그 인생이 좋은가 나쁜가를 논하는 경우도 있게 된다.

인생을 색깔로는 빨강, 노랑, 파란색으로 엮어져 있다고도 한다. 그렇게 인생은 한 가지 색이 아니기에 맛으로는 단맛, 쓴맛, 매운맛으로 이루어져 있다고도 한다. 이와 같이 우리는 이야기를 하며 살아가고 있다. 혼자 사는 세상이 아니기에 몇 사람이라도 모이면 서로 말을 하게 된다. 그 말이 상대방에게 진실되고 유익하다면 귀담아듣게 되고 말이 끝나면 감사하다는 인사를 받게 된다.

말을 잘한다는 것은 말을 많이 한다는 것이 아니라, 그 말의 내용이 덕을 베푸는 말이라면 짧아도 무게가 있고 잘하는 것이다. 말을 혼자 독점하게 되면 적이 많아진다. 같은 내용의 말이라도 목소리가 크면 뜻이 왜곡되기 쉬우며, 그 반대인 낮은 목소리가 힘이 있는 것이다. 그래서 말 한마디로 천 냥 빚을 갚는다고 한다. 하지만 그 말이 천 냥 빚을 갚기는커녕 사랑을 깨기도 하는데, 클레오파트라의 경우 사랑은 말로 이루어지고 또 말로 깨졌다고 하였다.

　사람들은 이야기를 좋아한다. 가령 초대를 받게 되면 대화의 장소에 어떤 사람들이 모일 것인지가 제일 큰 초점이 될 것이다. 이야기 듣기를 좋아하는 사람도 그 대상자에 따라 참석과 불참이 결정될 것이고, 좋은 이야기가 나올 것이라 예상되면 아무리 바쁜 일이 있더라도 뒤로 미루고 참석하게 된다.

　우리는 말하며 살아간다. 말의 종류가 많겠지만 가슴에 새겨둘 말을 하면 칭찬받거나 훌륭한 사람으로 인정받을 것이다. 같은 내용일지라도 즐겁고 재미있게 말을 하면 듣는 사람도 좋아하며 부담이 없는 것이다. 자기가 훌륭하게 보이려면 좋은 말을 해야 하는데, 대화하는 사람들에게 모두 칭찬받을 이야기를 하면 듣기도 좋고 칭찬도 받게 될 것이다. 답답한 세상에 잘살아가려면 남의 이야기를 침묵으로 잘 들어주는 것도 중요한 일이다.

　나는 거짓말을 싫어한다. 거짓말하는 것은 옳지 못하고 좋은 일이 못 되기 때문이다. 남을 상대로 하는 이야기라면 거짓말이 있을 수도 있겠지만, 이야기를 재미있게 하려면 거짓말이 조금은 섞여야 한다는데, 이해가 가능한 범위 내에서 해야 할 것이다. 말 한마디가 누군가의 인생을 바꿀 수도 있겠지만 뒤에서 헛말 하는 것은 비겁한 사람의 말이 된다.

좋은 말로서 자신을 더욱 신뢰받는 사람이 되게 해야 할 것이며, 살아가는데 좋은 흔적을 남기는 것이 훌륭한 일이다. 듣기 좋은 말보다는 마음에 남는 말이 더 좋은 말이기에 상대방이 듣고 싶어 하는 말을 하는 것이 인격적인 말이 될 것이다. 상대방에게 스트레스를 주는 말은 너무나 좋지 못한 것인데, 이때 감사의 말 한마디가 최고의 명약으로 불치의 병도 고칠 수 있다고 한다.

오늘도 아침에는 밝은 미소로, 낮에는 활기찬 열정으로, 저녁에는 편안한 마음으로 즐거운 말 한마디가 축복을 안겨 줄 것이다. 어떤 일에 고마움을 느끼면 고맙다고 말을 할 것이지, 마음속으로 생각만 해서는 인사가 되지 않는다. 우리 말 중에서 으뜸인 말은 "힘내세요" 하는 말이다. 오늘도 좋은 말 한마디로 건강하고 행복한 하루가 되도록 해야 할 것이다.

깨달으며 살자

모처럼 마을 뒷산에 오르면서 길 찾기가 어려워 잠시 뒤돌아보니 이름 모를 잡초꽃들이 아기자기 피어있는 모습에 피로가 확 풀렸지만 갈 길이 뚜렷하지 않아 헤맨 적이 있다. 인생길도 살아가는 길이 험한 길, 좋은 길, 아름다운 길도 있으나 잘 익혀 가야 할 것이다. 잘 살기 위해 학문을 배우고 익히면 좋으나, 연륜은 매일 먹는 밥그릇을 비우게 한다. 그러기에 그저 나이 먹는 것이 아니라 에너지를 소모해가면서 열심히 노력한 결과라 할 것이다. 이것이 젊은이와 늙은이의 차이점이다.

노년의 아름다움은 인간이 성숙한 것이기에 지혜로워져야 할 것이다. 성숙한 사람이 다르게 보이려면 무엇보다 많이 베푸는 일이다. 변해가는 세상에서 원하는 일들도 많아 불만에 가득 차 있는 사람도 늘어나고 있지만 베푸는 봉사 정신을 가진 사람은 흔치 않다.

우리는 늙어가는 것이 아니라 고운 색깔로 익어가는 홍시 같은 황혼 길로 걸어가야 한다. 노년은 성숙하는 것이면서 사물을 깨달게 된다. 그 깨달음은 지혜롭게 사는 길이 되기에 살면서 미덕의 수치를 점점 더 높여야 무식을 탈피할 수 있다.

세상이 힘들게 하는 것도 있겠지만 나 자신이 그렇게 만드는 것이니 잘 깨달아가며 살아야 한다. 인생의 멋과 맛은 바로 본인이 만들어야 한다는 것을 기억하고 조금 힘들어도 만들어 가며 살아야 할 것이다.

살아가면서 가끔 자신의 마음가짐이 잘못되지는 않았는지 확인도 할 줄 아는 사람이 잘 늙어가는 사람이다. 힘들어도 참고 견디는 일이 쌓이게 되면 고수(高手)가 될 것이며 이것이 버릇되면 최고로 인정받게 된다.

항상 노력하고 인내하는 삶은 언젠가는 예쁜 꽃을 피우게 될 것이다. 아무리 예쁜 꽃이라도 언젠가는 떨어지기 마련이기에 이 세상에는 영원한 것은 존재하지 않는다. 영웅호걸이라 해도 세월 따라가는데 미련 없이 살아야 할 것을 명심해야 할 것이다.

세월 가면 주변의 친구들도 하나, 둘 떠나게 되고 남은 사람은 점점 외로워지기에 마음의 동행자를 만들어 즐거운 나날을 지내야 할 것이다. 활력 있는 일거리를 만들어 마음 풍성하고 좋은 시간을 만들어야 노년에 행복하게 된다. 지금 살아있는 이 순간도 잠시이기에 알차고 의미 있게 보내야 할 것이다. 항상 고운 정을 가지고 살려고 노력해야 함이 좋다. 아무리 착한 사람이라 할지라도 미운 때가 있을 수 있다. 자신을 위해서라도 싫어하거나 미운 점만 생각한다면 자기 마음도 상처받게 되어있으니 잘 보고 처리

할 것이다.

같이 살아가는 세상 누구든 단점도 있고 장점도 있는데 보는 각도에 따라 사랑스럽게 보면 예쁘게 보이고, 자기감정도 좋아지기 마련이다. 점심시간에 우연히 옆집 사장을 식당에서 만났다. 낯선 사람인 자기 친구와 같이 먼저 식사 주문을 시켜놓고 기다리는 중이었다. 우리가 늦게 도착했기에 이분들이 먼저 식사도 마치고 일어서면서 점심 식대를 지불했다고 한다. 이웃에 같이 살지만 만난 지도 오래되었기에 내가 대접하려고 마음먹었으나 늦어서 대접을 받고 말았다. 오늘의 고마움을 간직하고 나도 베풀어야지 하는 마음 더욱 간절해 가고 있다.

사람은 누구나 완벽하게 갖추기는 어려우나 그렇다고 단점만 가진 사람도 없으니 서로 좋은 점을 찾아 반갑게 맞이해야 할 것이다. 사람의 능력은 평가에 따라 약간의 차이는 있겠지만 거의 무한대라고 볼 수도 있다. 모든 사람은 꿈을 가지고 태어난다.

괴테는 "꿈을 품고 무언가 할 수 있다면 그것을 시작하라"고 했다.

어렵고 힘든 일이 따르지만 잘 견디면 마음의 근육이 단단해질 것이다. 복잡하고 호화로운 삶이 아니라 자연의 냄새와 같이 할 수 있는 길이 내가 추구하는 길이다. 간단한 삶을 살지 말고 건강관리도 소홀하지 말 것이며, 인생 행복을 즐기고, 항상 웃음을 만들어 가며 보람된 생을 이어가야 할 것이다.

인생이란 무엇인가? 스스로 이러한 질문을 할 수 있는데 여러 가지 보는 각도에 따라 다르겠으나 중요한 해답은 "자기와의 싸움이다"라고 한다. 여러 가지 곤경에 처하고 어려움이 부닥쳐도 이를 슬기롭게 대처해 갈 수 있는 사람이 되어야 한다. 한평생 살아가면서 잘 닦고 이겨야 할 사람은 자기 자신이라는 것을 알아야 한다.

잘살아 가는 지혜

코로나19로 인하여 생계에 위협을 받는 사람이 많아져 가고 있다. 비정규직이나 구직 중인 사람들은 어떻게 경제적인 문제를 해결할 수 있을까 하는 불안이 크다. 이들은 사는 것이 마치 전쟁터 같아 인심이란 찾을 곳도 없이 치열하기만 하다고 한다. 그런가 하면 해 맑은 날 시집간 딸이 친정 찾아오는 기쁨을 주는 날이 있기도 하다고 한다. 이렇게 보내는 세월 속에 나의 삶은 어떤 모습일까?

세월이 간다고 하지만 나에게 미치는 영향이 제일 큰 문제다. 나이 들어 보면 옛날 생각이 나기에 청춘 시절을 되새겨 보고 비교해 보기도 한다. 그러나 여기에 비교해서 침묵에 빠지거나 헛된 생각에 빠져서는 안 될 것이다. 그래도 아직은 눈이 밝아 보고 싶은 사람을 만나거나, 책 읽는 데 큰 어려움 없다. 어제는 대학병원에서 국민보건검진 결과를 받았는데, 아직은 크게 병들고 아픈 곳 없으니 감사해야 할 것이다.

지금은 코로나 때문에 사람 만나기도 어렵지만 나는 옆집에 딸이 살고 있어 외로움을 모르고 있다. 오늘은 딸과 같이 금산교 옆 남강변 와룡지구에 잘 조성된 강변도로를 따라 걸으면서 운동도 하고, 급변해가는 세상살이 이야기를 나누기도 하였다. 이러다 보면 그간의 시련도 날아가게 되고 행복이라는 즐거움이 채워지게 된다. 이러한 일들이 누구에게나 똑같이 일어나는 현상은 아니기에 다른 사람에게 감사하고, 겸손한 마음을 가져야 한다고 다짐도 해본다.

지난 세월 생각해 보면 정말 바쁜 나날을 이어갔다. 나 한 사람 열심히 노력하면 제일 먼저 내 가정에 도움이 되겠지만 내 직장에도 같은 교수나 특히 실험실 학생과 대학원생에게 미치는 영향이 클 것이라고 생각하며 지냈다. 지금은 모두 흘러간 옛날이고 이제는 제2의 인생시대를 살아가고 있으니 여생을 어떻게 잘 갈무리할 것인지 하는 것이 중요하다.

나는 하루에도 가끔 생각해 본다. 이것도 조금은 어려운 것이 몸은 늙어도 마음만은 그렇게 늙지 않고 보고, 듣는 것이 있으니 내가 해야 할 역할이 무엇인지를 정확히 알아야 할 것이다. 하는 일이 조금 지나치면 남에게 부담을 주게 하므로 나에게 걸맞은 지혜를 가져야 한다. 같이 지내다 보면 그 일이 믿기 어려워서 한마디하고 싶지만 많이 망설이게 된다.

그뿐만 아니라 상대방이 기분 나쁘지 않게 이야기할 수 있는 방법이나 버릇도 길러야 한다. 노년의 말이 발음도 좋지 못하기에 좋은 인상을 남기려면 말없이 지내는 것이 상책이 아닌가 하는 생각도 든다. 음성도 문제인 것은 젊은 사람은 부드럽고 카랑 하지만 나이 들어가면 부드럽지 못하고 상당히 거칠어지기 때문에 이 것 또한 문제다.

나는 아직 심하지는 않은 모양이다. 단골 이발관에 다니는데 하루는 젊은 이용사를 만났다. 이런저런 이야기를 조금 하게 되었는데 연세를 묻기에 어느 정도로 보이느냐고 되물었다. 이용사의 답이 말씀하시는 것을 들으니 60대 후반이나, 70대 초반으로 들린다고 한다. 나를 즐겁게 해주려고 한 말인지는 모르지만, 고맙고 웃음까지 나오게 해주었다. 그 사람은 긍정적인 생각으로 나를 따뜻하게 봐주었기 때문이라 보아야 할 것이다.

인생길 사노라면 항상 좋은 일만 일어나라는 법은 없다. 자신을 다스릴 수 있는 마음가짐이 중요하다. 우리의 머리는 지혜의 보고이니 슬기로운 삶을 살아가기 위해서는 지혜를 잘 터득해야 할 것이다. 이렇게 살기 위해 규칙적인 생활 습관을 유지해야 한다. 소식하면서 적당한 운동도 하고, 자연을 가까이하면서 편안한 마음을 갖고, 욕심을 줄이며 친구들과 잘 어울려야 할 것이다.

여생을 잘 가꾸기 위해서는 매사에 자신을 가지고 인내하며 사물에 대한 긍정적인 마음을 잃지 않도록 해야 한다. 걸어온 인생길 뒤돌아보면 그렇게 길지도 않은 느낌이다. 언젠가 멈추는 그날까지 큰 후회 없이 아름답게 잘 살았다고 생각할 수 있는 보람된 인생길이었으면 좋겠다.

좋은 말하기

말은 사람들의 의사소통이 되는 것이다.

어머니가 아이를 낳게 되면 젖 먹여 키우면서 제일 먼저 가르치는 것이 말이다. 아빠도 가족들도 아이가 착하게 자라면서 좋은 말 하나씩 가르치고 아이가 말하는 것을 듣고 반가워한다. 그러다가 자기 마음에 들지 않으면 울면서 반항하기도 한다. 아이가 몇 마디 말을 하게 되면 흉내 내어서 비슷한 말이나 재미있고 흥겨운 말을 시키려고 애를 쓴다. 이렇게 자란 아이가 학교에 다니게 되면 더욱 의미 있는 좋은 말을 배우게 된다.

사람은 말로서 서로의 의사를 전달할 뿐 아니라 생각까지도 말에 의존하게 된다. 한 나라를 다스리는 국회에서도 말로써 국정을 다스리거나 하는데, 말하기 좋아하는 사람이 있는가 하면 말하기보다 듣기를 좋아하는 사람도 있다. 서로의 이야기를 듣고 나누고 싶어 하는 사람을 위한 다방, 커피숍, 선술집 같은 장소가 있어 많은 사람이 활용하기도 한다.

훌륭한 사람은 여러 가지 갖추어야 할 것도 많지만 그중에서도 좋은 말을 잘할 줄 아는 사람이 되어야 한다. 세계적인 명인인 소크라테스, 공자, 맹자와 같은 성인들도 말을 잘하였기에 그들의 사상이 오늘날까지 계승하고 있는 것이다.

대화하다 보면 유식한 사람과 무식한 사람의 수준이 나타나게 된다. 가장 큰 관계는 얼마나 화제의 줄거리를 잘 찾아내는가 하는 것이다. 화제가 좋아야 하는데 지식이 빈곤하거나, 경험이 박약하거나, 감정이 빈약한 사람은 말솜씨가 없기 마련이다. 선진국의 지도자가 되려면 일단 말을 잘해야 존경받게 되어있다.

말에도 종류가 많아 가정에서 여자들이 몇 사람만 모이게 되면 집 청소나 빨래, 반찬 만드는 과정에 대해 특별한 내용은 없고, 말의 어휘도 몇 가지 되지 않으나 많은 시간을 소모하기도 한다.

"말은 은이요, 침묵은 금이다"라는 격언도 있고, "말 한마디가 천 냥 빚 갚는다"라는 속담도 있기에 말조심해야 한다는 것은 누구나 명심해야 한다. 좋은 말은 침묵하면서 할 말을 충분히 생각도 해야 실수가 없는 것이다. 말 잘한다고 해서 말 많은 사람을 두고 하는 것이 아니기에 내 말이 상대방에게 감사하게 함축성 있게 들려야 한다.

침묵은 다음 말을 어떻게 이어가야 할 것인지를 준비하는 기간이라 보고 같은 말이라도 상대방에게 듣고 싶은 이야기나 삶에 도움이 되는 이야기라면 대단한 것이다.

나는 이야기를 듣는 것을 좋아하는 편이다. 같은 모임일지라도 좋은 말을 잘하는 친구가 참석하면 빠지지 않으려 한다. 오늘 모임이 평소에 재미있고 말에 품위를 가지거나, 웃겨서 기분을 전환하는 친구가 참석한다면 아무리 바쁜 일이 있어도 꼭 참석하려고 한다.

남의 말을 끝까지 정성 들여 듣는 것은 많은 것을 배우거나 자기의 양식이 될 수 있는 것이다. 하지만 남은 말할 사이도 없이 자기 말만 주장하는 사람도 있는데, 이것은 환영받지 못 할 일이다. 한편 상대방이 말을 잘하지 못해도 이를 멋있게 잘 받아넘기는 사람도 있다. 이러한 경우 인기 있는 사람이 된다.

우리는 하루도 말을 하지 않고 지낼 수는 없다. 마음에 스트레스가 생겼을 때 내 말을 이해해 줄 수 있는 친구를 만나 진실을 이야기함으로써 이를 해결 할 수 있다. 아무리 좋지 못한 일이라도 이야기를 털어놓는 것이 문제를 해결할 수 있는 방법이 된다. 재미있는 이야기를 하다 보면 자연적으로 남의 이야기가 되기 쉽다. 특별한 이해관계 없이 하는 것은 이야기하는 사람에겐 재미있는 일이다. 그렇다고 칭찬할 수 있는 좋은 말을 아끼는 것은 좋지 못하니 좋은 말 많이 해서 칭찬받고 살아야 할 것이다.

어떤 경우라 할지라도 말하기 전에 잠시라도 말이 미칠 영향을 생각한다면 좋은 말을 할 수 있다. 특히 다른 사람을 평가하는 말이라면 더욱 시간을 가져야 할 것이다.

사람이 죽을 때까지 평생 5만 마디의 말을 한다는 어떤 학자의 연구 결과도 있다. 이렇게 말이 많으니 항상 남을 비판하려 하지 말고 감싸주고 덕망 있는 사람이 되어야 할 것이다. 보통 사람은 대중 앞에서 말만 하려면 목소리가 떨린다고 하는데 그 사람은 목소리나 화법에 대해서 특별한 지도를 받는 것이 좋은 방법이라 생각된다.

성장하게 되면 서로 대화하며 살아가는데 이것은 우리 생활의 맥락이라 할 수 있다. 상대방에게 힘과 용기를 주고 기쁨과 즐거움을 주며, 사랑과 애정이 담긴 말로 상대방의 마음을 따뜻하게 해줄 수 있는 말이 훌륭한 말이다.

인생에 도움이 되고 힘이 되는 말은 항상 소박한 것이다. 한마디의 말이라도 진심을 담은 말이라면 듣는 사람의 가슴을 열게 하고 꽃이 피게 된다. 이렇게 누군가의 정원사가 되도록 해주는 것이 얼마나 감사한 일인가.

사람이 바르게 사는 길

사람이 모든 것을 좌지우지할 수 있는 것은 자기 마음에 달려있다. 그 마음의 근본은 양심(良心)이다. 사람이 사람다워지려면 바른 양심을 가져야 하고, 양심을 지닌 사람만이 사람의 가치를 인정받는다. 양심이 마비된 사람은 짐승과 차별되지 않는다고 하는데, 이러한 양심은 훌륭한 선생님으로부터 받게 되는 것이다.

아테네의 철학자 소크라테스는 아테네의 500명의 배심원에게 말하기를 "우리는 길을 가는 것이다. 나는 죽으러 가고 여러분은 살러 간다. 누가 더 행복할 것인가. 오직 신(神)만 안다"라고 하였다. 소크라테스는 40세에서 70세가 되도록 30년간 부패 타락한 아테네 사람들의 양심과 생활을 바로잡기 위해, 교만과 허영 속에서 방황하는 청년들의 인격을 각성시키기 위해 호소하고 계도하였다.

산다는 것이 중요하지만 그보다 더 중요한 것은 "어떻게 사느냐는 것이다." 그렇다면 누구나 인생은 바르게살기를 원해야 할 것이다. 소크라테스는 바르게 살기 위해 첫째는 진실하게, 둘째는 아름답게, 셋째로 보람되게 사는 것이라 하였다.

바르게 살기 위해서는 개인적으로는 말과 행동을 바르게 해야 하고, 더불어 바른 정치와 경제뿐 아니라 이를 위해 바른 교육이 잘 살게 하는 중요한 요소가 될 것이다. 노년이 되면 바르게 사는 지혜를 갖추고, 태연하게 종말을 맞이할 준비를 해야 할 것이다. 그러기 위해서는 책을 많이 읽어야 한다. 좋은 책 속에서 몰랐던 것을 배우고 익히며, 경험을 통해 지혜도 쌓아야 한다.

살아가면서 누구나 한 번쯤 성공해 보았으면 하는 욕망이 있게 마련이다. 그러나 크고 작은 욕심 앞에는 실패가 가로 놓여있다. 그것이 빨라 인생 초년에 올 수도 있고 잘 살다가 말년에 올 수도 있는 것이다.

사람의 몸과 마음은 하나라야 한다. 어느 것이 더 중요하냐를 따지기는 어려우나 마음이 먼저이고 다음이 몸의 움직임이다. 서로의 대화 장면에서도 마음을 열고 하면 어려운 일이라 할지라도 도움을 청 할 수 있다. 반대의 경우는 그 일을 성취하기도 어렵지만 도움을 받을 수도 없다. 누구나 삶이라는 여행을 하고 있으나 여행이 길거나 짧거나 관계없이 끝나면 죽는 것이다. 사람의 마음이 여행의 방향을 결정하게 된다.

나는 지금 어느 곳을 여행하고 있는가!

흔히 저녁 하늘을 쳐다보고 별을 좋아하는 사람은 꿈이 많으며,

들판에 나아가 비를 좋아하는 사람은 슬픈 추억을 많이 간직하고, 순수한 사람은 눈(雪)을 좋아하고, 아름다운 감정을 지닌 사람은 꽃을 좋아한다고 한다. 사물에 대한 관심이 원래 없는 사람은 바보이겠지만 비뚤어진 마음을 바르게 잡을 수 있는 사람은 똑똑한 사람이다.

프랑스 속담에 "가정은 국가의 심장이다"라는 말이 있다. 이것은 개인의 심장이 건강해야 몸이 건강하듯 가정이 건전해야 나라가 건전하다는 말이다.

인생만사 누워서 떡 먹듯이 쉽게 되는 일이 어디 있는가?

마음먹고 해볼 만한 가치 있는 일은 무엇이나 어렵기 마련이다. 사회적으로나 경제적으로도 어려운 시기에 조금 양보하고 서로 도우며, 양심적으로 살아가는 길이 바르게 사는 길이 아니겠는가 생각한다.

물처럼 흘러라

높은 산에서 흘러 내려오는 물은 바다에 이르기까지 많은 장애물을 만나지만 막힘없이 돌고 돌아 흘러감을 보면 우리네 인생도 그러해야 할 것이라는 생각이 든다. 물은 만물이 살아가는데 이로움을 한없이 주지만 홍수가 나면 재해를 일으키기도 한다. 젊어서도 아픈 곳이 있지만 나이 들면 더욱 심해져 가고 앞서 생긴 병은 잘 아물지도 않으니 나이 먹고 영원할 수 없는 것이 진리라고 할 것이다.

골짝에서 졸졸 내리는 물이 점점 합심하여 앞서거니 뒤서거니 하며 함께 하니 물살이 강하게 흘러 출렁대며 보기 좋게 흐른다. 이렇게 물은 흘러가면서 큰 강을 이루게 되는데 우리 인생도 흘러가는 강물처럼 큰 힘과 정의를 가지고 살아간다면 모두가 한 발 더 앞선 자유로움과 즐거움을 공유할 것이다. 서로 질서를 지키면서 믿음을 가지고 양보할 수 있는 정신이 있어야 고통도 없고 미움과 아픔이 없이 만나면 헤어지기 섭섭하고 다시 만날 기회를 기다리는 마음이 될 것이다.

알뜰한 인생살이 물처럼 흘러 강물 이루고 바다로 가듯이 넓고 귀여운 마음가짐을 하는 것이 앞서가는 인생길이 될 것이다. 살다가 보면 실패하는 일도 있지만 마음마저 아파하면 안 된다. 아무리 최선을 다한다고 하지만 안 되는 일은 분명히 있으니 용기를 잃지 말고 자신의 용기 있는 마음가짐이 중요하기에 스스로 마음을 위로해주어야 한다.

삶이 힘들다고 주저앉지 말 것이며 스스로 자기 마음을 달래어 힘이 솟아올라 웃음을 만들어 내어야 자기 몸을 극복할 수 있다. 평소에는 몸과 마음이 강했지만 고통이 생기면 가족이나 주변 사람들의 위로하는 이야기로 마음을 다독여 주는 것이 어떤 것보다 힘을 심어 주는 것이 된다.

평소에 같이 잘 지내고 운동도 같이하면서 살았고 중년 후반에는 더욱 가까이 정신적으로도 서로 위로하면서 살고 있는 처지인 사람이 있다. 그런데 심장 장애가 있어 주거지인 시골에서는 잘 치료가 되지 않아 서울에 큰 병원에서 수술도 하고 입원 치료도 했다. 쉽게 완치되지 않아 퇴원하여 고향에서 치료를 하다가 일정한 시일이 되면 서울로 올라가는 통원 치료를 하고 있다. 마음으로는 하루빨리 완치되기를 바라지만 병원에서 해결해 주어야 할 문제이기에 어쩔 수 없는 일이다.

건강에 대한 관심은 젊은 사람도 있겠지만 지금처럼 장수 시대가 되고있는 처지에는 더욱 인식이 높아만 가고 있다. 하지만 건강을 다루는 의사도 동의보감에는 3등급으로 나누고 있다. 이들

중 가장 훌륭한 의사를 상의(上醫)라고 하는데, 사람들이 병이 나지 않도록 미리 예방해 줄 수 있는 의사이다. 다음은 중의(中醫)인데, 환자의 병의 원인을 밝혀 치료할 수 있는 의사이다. 그러고 하의(下醫)는 환자의 증상을 보고 치료하는 의사이다. 쉽게 말하자면 병의 증상을 원인과 관계없이 열이 나면 열을 내리고, 설사를 하면 멈추게 하는 것이다. 우리는 이들 중 상의가 처방해주는 건강법에 따라 자신의 건강을 잘 지킬 것이며 미리 병이 나지 않도록 예방하는 방법이 가장 현명한 삶이 될 것이다.

사람으로 태어나 공부하고 일정한 기간 동안 직장 생활도 하고 사회 활동을 하다가 퇴임 후에 자신과 사회에 기여할 수 있는 방안을 찾아야 한다. 좋은 일을 많이 할 수 있는 사람이 국가와 사회에 기여하는 사람이 될 것이니 최선을 다해 노력해야 할 것이다.

오늘도 내 삶의 규범이 될 만한 책들을 구해 읽고 또 그러한 내용을 쓰기도 한다. 좋은 책 한 권을 읽는 것은 그 책 저자의 삶을 읽을 수 있어 좋고, 나의 삶을 풍성하게 만들 수도 있다.

이러한 일들이 내 삶의 기록으로 남게 할 수 있을 것이라는 기대를 하면서 꾸준한 노력으로 반복해가야 할 것이다.

바른길을 찾아서

사람이 태어나서 한평생 살아가기에는 자기의 환경 여건에 따라서 크게 다르겠지만 본인이 최종결정을 내려 살아가야 한다. 그 삶이 젖먹이부터 유아 시절, 초등학교부터 학창 시절이 끝날 때까지는 자기 부모, 선생님 그리고 친구, 친지들의 영향이 크게 미치게 된다.

이렇게 도움을 받고 살아가지만, 본인에게 미치는 영향과 환경이 다르기에 모든 사람은 각자 개성이 특별한 사람들로 만들어지는 것이 많다. 이러한 현상은 같은 형제자매도 성격이 똑같지 못한 것은 개인의 마음가짐이 독특하기에 자기의 목표가 일찍, 혹은 특별하게 설정되기 때문이다.

특별한 지역을 여행할 때도 목적지까지의 길이 많이 있다. 그 길이 시간이 더 많이 걸리고 빠른 길이 아닐지라도 바른길로 가는 것이 안전한 길이기에 쉽게 갈 수 있어, 역시 인생길도 그렇게 하는 것이 성공의 길이 될 것이다. 좋은 인생길을 찾기 위해 성품이 온유한 사람이나 내 마음을 헤아려 줄 수 있는 사람을 가까이할 것이며, 진심 어린 사람으로 늙어야 진정한 가치가 무엇인지를 깨달을 것이다.

매사에 긍정적인 사람은 마음 넓어 앞바다 같은 사람으로 만날수록 마음이 더 편안해지는 사람으로 인정해도 좋다. 어떤 일을 하면서 그 일이 별로 진전하지 못하면 자신의 능력이 부족하거나 지식이 부족하기 때문이라 보는데 그보다 더 중요한 것은 인맥인 것이다.

하버드 대학에서 벨 연구소의 톱 연구원을 대상으로 인맥의 중요성을 조사한 결과, 인간관계로 성공한 사람이 69%로 가장 높게 나타났으며, 다음이 전문적인 능력에 의해 성공한 사람이 26%이었으며, 일반사람들이 착각하기 쉬운 집안의 배경에 의해 성공한 사람은 5%밖에 되지 않았다고 한다. 이와 같은 결과를 보면 삶에 있어 좋은 인간관계를 맺을수록 재산과 명예를 얻을 수 있는 성공의 길이 넓어진다는 것을 알 수 있다.

훌륭한 조직이나 위대한 지도자로 인정받으려면 이를 잘 관리해 진정한 팀으로 만들 수 있는 기술이 필요하다. 자기가 훌륭한 능력가라 할지라도 혼자 힘으로는 어렵기 때문에 서로 힘을 뭉쳐서 그 일을 처리하는 것이 빠른 성공의 길이라 하겠다.

어떤 계획한 일에 성공하려면 그 분야의 종사자들이 합심하여 하나의 공동체를 만들어 그들의 지식과 기술을 합리적으로 해서 문제를 해결토록 해야 할 것이다. 각자 개인적인 특색이 있겠지만 서로 의논하고 문제를 해결하는 길이 빠른 길이라 생각한다. 주변에 성공을 하였거나 큰 회사가 울창하게 성공의 길을 나가고 있는 것은 모두 이와 같은 빠른 길을 걷고 있기 때문이라 하겠다.

교육자는 자신의 지식을 아낌없이 제자들에게 전달해주어서 본인보다 훌륭한 사람이 탄생 되도록 가르쳐야 좋은 스승으로 인정받게 될 것이다. 존경받고자 하면 놀 때와 일할 때를 잘 구분하여 자기 일에 전념해야 하고, 살아있을 때보다 죽은 후에 이름이 더욱 빛나는 사람이 되도록 마음먹고 노력해야 할 것이다.

노인들의 삶도 여러 가지로 볼 수 있는데 좋은 모습을 보이면서 자연을 벗 삼아 선도 악도 없이 신선처럼 살아가는 노선(老仙)이 되어야 할 것이다. 인생은 본인이 계획한 대로 사는 길인데 젊어서는 잘못될 경우 보완해서 고칠 수도 있지만 이제는 그럴 수도 없다. 나도 함께 살아오면서 젊어서는 각자 살기도, 생활하기도 바쁘기에 서로의 존재 가치를 깊게 인식하지 못하고 지나왔다. 이제는 조금이라도 양보하고 도우면서 살아야 할 것이다.

살면서 늘 배우려고 노력하는 사람이 되고, 서로 협조하고 주어진 몫에 불만보다 만족한 모습을 보여야 현명한 사람으로 인정받을 것이다. 자기가 처한 현실에 겸손한 마음으로 적시하고 적소에 용돈도 쓸 줄 알고, 긍정적인 생각으로 남에게 피해를 되도록이면 주지 않고 살아야 한다. 이렇게 사는 길이 바른 생을 걷는 길이 아니겠는지요.

장수(長壽)의 길을 가다

나이가 들어가면 장수한다고 하지만 이들의 앞날은 한 치 앞도 내다볼 수 없다. 나이가 많아지면 생각도 변해 가는데 점점 욕심이 많아져 자기만족에 편중하게 되지만, 안 되는 일이다. 나이 들었다고 해도 70대와 80대는 크게 다르게 볼 수 있다. 나이 먹어가는 것을 여러 가지로 비유해서 말하기도 하지만 80대의 두꺼운 벽을 뚫는 것도 크게 성공한 것이라 볼 수 있다.

다행히도 80대에 살고 있으니 크게 만족하게 생각한다. 하지만 한 치 앞을 모르는 처지이기에 매사에 주의하여 살아가야 할 것이다. 도대체 몇 살까지 살 수 있을지 평균수명을 보면 남자 82세, 여자 88세라고 하지만 병원에 의존하거나 간병을 받고 살기가 쉬워진다. 잘못하면 건강을 잃고 수명만 연장해가는 경우가 있을 수가 있다. 사망자의 나이가 많은 나이는 남자가 85세이고 여자가 길어서 90세라는 기록도 있다.

문제는 장수하면서 병치레하지 않고 살아야 할 것인데 노령으로 나이 들어가면 차츰차츰 병으로 앓게 되어 있다. 나의 아내도 평소에 남들이 보기에는 건강해 보이나 80 고개 문턱에서, 많은 고달픔을 겪었다. 심한 통증이 있어 진단 결과 급성 쓸개염증이라는 판정을 받아서 졸지에 수술을 받았다. 10일 정도 입원하면서 아이들의 간병을 받고 퇴원하였다. 완치된 것이 아니기에 통원 치료를 받게 되었는데 변비로 인하여 상당히 고생하였다.

이렇게 세월을 보내면서 하루는 내 차에 타고 시장에 가서 하차하는데 한쪽 다리가 몹시 아파서 겨우 내렸으나 잘 걷지를 못하였다. 한의원에 다니다가 신경외과의 처방 치료를 받고 장기간 고생을 하였다. 이처럼 눈에는 보이지 않으나 크고 작은 병들이 대기하고 있다가 건강 상태에 따라 출현하니 건강하게 잘 산다는 것이 무척 힘들다. 이렇게 배우자의 건강이 좋지 못하고 같이 지내는 것은 상대적으로 남편은 절망과 고독에 빠지게 된다.

이러한 일들을 극복하기 위해서는 본인이 스스로 할 수 있는 일을 잘 터득하여 행복한 시간을 가질 수 있도록 노력해야 할 것이나, 쉬운 일이 아니다. 나이 많아지는 고령자는 병의 씨앗을 품고 살기에 언제 어떤 병이 나타날지 모르기에, 만약 내일 죽어도 후회 없는 인생살이를 하도록 계획해 보는 것도 중요한 일이다. 나이 들어 노쇠한 것은 자연스러운 과정이며 몸은 점점 약해져 죽음의 과정으로 가고 있다고 보아야 할 것이다.

따라서 여러 종류의 병의 씨앗을 지니고 살아가기에 한 가지 병이 치료되었다고 완쾌한 몸이라고 보아서는 안 된다. 이렇게 하여 내과나 외과에 다니면서 처방해준 약봉지는 한정이 없기에 침실의 머리맡이나 선반에 약이 산재해있다.

체력을 잘 유지하려면 체중 저하를 막기 위해 먹고 싶은 음식이 있으면 잘 챙겨 먹어야 한다. 신체의 건강 중에서도 뇌의 건강이 더욱 중요하기에 뇌를 젊게 해야 치매가 걸리지 않으므로 고령자가 제일 중요하게 생각할 문제다.

노쇠하다는 것은 나이 들어감에 따라오는 자연현상이지 본인 잘못이 아니라 세월 탓이나 할 일이다. 그동안 잘 걸어 다니던 발걸음도 점점 힘들어지고, 마음 놓고 자연의 변화도 감상할 수 있었는데 눈도 침침하고, 귀도 잘 들리지 않는다. 여기에 대응해서 책 읽기와 글쓰기를 한다는 것은 보약 먹는 격이다. 제일 중요한 치매 예방이 되고 기억력 증진을 위한 최고의 방법이고 노후에 풍성한 수확과 기쁨을 누릴 수 있는 좋은 방안이 될 수 있다.

살다가 보면 삶이 힘겨울 때가 있다. 하지만 세상의 번뇌를 자기가 모두 짊어진 것처럼 하는 사람도 있다. 이런 경우 웃음으로 하루의 기분을 바꾸는 것도 좋으니 눈을 지그시 감고 편안한 마음으로 한번 웃어보자. 그 웃음이 뇌 운동이 될 것이니 얼굴을 활짝 펴고 웃어보는 것이다. 이때 생기는 에너지는 몸과 마음을 정화하는 힘으로 근심과 걱정을 해결 지우게 한다.

가장 지혜롭고 행복한 사람은 남은 인생을 즐기며 웃으면서 살 수 있는 사람이다. 높은 하늘에 두둥실 떠돌던 구름 같은 인생, 그나마 즐기되 탐욕적인 타락된 인생은 말아야 한다. 이제 얼마나 남았는지 모르지만 내가 가진 것은 한가지씩 정리해야 될 것 같다. 오늘도 내 인생이 남강 물 흐르듯 지나가고 있으니 생을 마감할 수 있는 길을 찾아 걸어야 할 것이다.

삶이 던지는 질문

삶은 인격을 갖추어야 하는데 그 인격을 갖추는 데는, 성실하게 살아가는 것이라 할 수 있다. 매일 같이 깨어나는 아침이지만 차분한 기분으로 희망과 용기를 잃지 않게 마음가짐을 해야 할 것이다.

어떤 일이거나 그 일을 성취하는 데는 과정이 결과보다 중요하다는 것을 느끼고 자부심과 긍지를 가지고 임해야 한다. 그 일을 성취함에 있어서 만족스러운 마음가짐으로 삶에 충실할 것이며, 조금 잘못된 일이 있어도 감사한 마음을 가져야 한다.

항상 겸손과 친절로서 마음의 문을 활짝 열고 누구나 함께하고 싶은 생각을 가지고, 누구에게나 환영받을 수 있는 사람이 되게 노력해야 좋은 사람으로 인정받을 것이다. 도움을 줄 때는 말없이 하고, 도움을 받을 때는 감사한 마음을 잊지 않아야 한다. 나도 누구를 도와줄 수 있는 맑은 햇빛처럼 따뜻한 가슴을 가지게 할 것이다.

나이 들어 보석 같은 시간을 헛되게 보내서는 안 될 것이며 하루의 삶이 기쁨으로 가득 차게 노력해야 할 것이다. 생각의 향기를 지닌 꽃다운 마음가짐을 하고 누구에게나 환영받는 사람이 되도록 하며 살아야 할 것이다.

사람이 서로 원만하게 유지하려면 많은 노력과 에너지가 필요하다. 그렇게 중요한 에너지를 나와 맞지 않는 사람에게 쏟는 것은 역효과가 나거나 낭비하는 것이 될 것이다. 지금, 이 순간이라도 소중한 마음의 에너지를 헛되게 사용하는 것은 아닌지, 아깝게……

지금은 많은 사람이 건강을 지키며 자기에 걸맞은 취미생활을 하려고 노력하는 모습들이 보인다. 산으로 가면 오솔길에 남녀노소 할 것 없이 줄이어 가는 모습들이 거의 같은 느낌으로 오르고 있기에 인사하면 반가이 받아 주고 한다. 그런가 하면 어떤 사람들은 특별한 목적도 없이 하루, 한 달, 한해를 허송세월하는 경우가 있다. 참으로 안타까운 일이다. 주변에는 취미생활로 파크골프를 시작해 특별한 일 없으면 하루 종일 열심히 하고 있는 사람들이 늘어가고 있다.

나의 취미생활은 글쓰기와 파크골프 운동으로 크게 나눌 수 있다. 그 외에도 있으나, 글쓰기는 평생을 교수 생활을 하면서 살아왔기에 분야는 다른 자연과학에서 문학, 역사, 철학 등의 인문학을 공부하여 시나 수필을 계속 발표하는 것이다. 건강관리를 위해서는 파크골프를 하는데 이것은 정신적으로나, 육체적으로 현재 우리나라의 여건으로 보아 크게 장려해도 좋은 운동이라 생각하기에 주위에 권장하기도 한다.

초심자들도 잘해볼 욕심을 가지고 하지만 이들이 훌륭한 선수가 되기까지는 얼마나 집중해 노력하느냐 하는 것이다. 자세도 가르치고 또한 배워 연습하기도 하지만 끈기 있게 하는 것이 가장 중요한 요인이라 할 것이다. 하던 운동을 잠시 멈추고 자기를 되돌아보는 기회로 만드는 것이 더욱 보람된 운동이 될 것이다.

오늘도 건강한 모습으로 보이고 있는 당신, 누구로부터 어떤 코치를 받고 인생을 살아가고 있는지?

매일을 열심히 살아가고 자신의 일과 속에서 후회 없는 삶을 하고 있는지 되새겨 보면서 나아가야 할 것이다. 하는 일이나 사업이 진행되면 정점에 도달하였는지, 혹은 미흡한지 자신에게 한번 되물어 보는 것이 많은 발전을 위한 준비 단계가 될 수 있다.

이제 나는 삶이 얼마나 소중하고 중요함을 느끼기에 결코 낭비해서는 안 되고, 그냥 흘려보내고 있을 것이 아님을 알고 있다. 이러한 것을 깨닫게 하는 데는 상당히 많은 시간을 소모한 것이다. 그러기에 젊었을 때 더 과감히 행동하고, 더 많은 상상력을 갖지 못한 것을 조금은 아쉽게 생각한다.

젊은이들은 내가 경험한 세상과 아주 다른 세상에 살고 있지만 실제 당신들이 접하는 문제들은 내 경험과 크게 차이가 나지 않으리라 생각한다. 물론 다른 사람들과의 경험을 견주어 배우기란 쉽지 않지만 행동하기 전에 잠깐 시간 내어 생각해 보고 행동으로 옮기는 여유와 숙고 할 수 있는 기회를 가져야 할 것이다. 영원하지도, 다시 오지도 않을 인생길이기에 가슴 벅차게 지내봅니다.

옛날 생각

사람들은 우리는 오늘에 살고 있으니 옛날 생각은 말라고 한다. 하지만 옛날에도 좋은 일들이 많았으니 좋은 것은 거울삼아야 할 것이다. 황혼 길에 살다 보니 옛날 살기 어려울 때 자주 듣는 격언으로 "티끌 모아 태산"이나, "콩 한 쪽도 나눠 먹자"라는 말들을 나누며 살았던 기억이 난다.

일제 36년간의 어려운 시절에 배를 제대로 채울 수 없어 굶주림을 느낄 때, 우리는 제일 기억에 남는 것이 보릿고개였다. 크게 기억된 것은 20대의 학창 시절이었다. 시골 할머니 댁에 추석 인사하러 가면 반가이 맞이하면서 집 앞에 왕 홍시 한 개를 따주면서 먹으라고 하시던 생각이 난다.

그렇게 굶주려 먹고 살기 어려웠던 시절을 넘기고, 그 시대를 뒷받침해 오늘날 현대문화의 주춧돌을 쌓아온 시대의 사람들이 지금 노인들이다. 이 노인들이 오늘날 우리 역사의 살아있는 증인이요, 교과서라고 해도 좋을 것이다.

80대인 우리도 어려움을 겪고 살았는데 우리들의 선친들은 얼마나 고생을 많이 하고 한세상을 보내었는가 하는 생각을 해보면 절박감이 돌기도 한다.

당시 선인들의 애창 시(詩)로
"나물 먹고 물 마시고
팔을 베고 누웠으니
대장부 살림살이
이만하면 어떠하리"

이 애창 시(詩)만으로도 옛날 백성들이 얼마나 어려움 속에서 살아왔는지 이제는 한번쯤 되새겨 보아야 할 것이다. 그런 어려움을 뒤로하고 각종 변화를 일으켜 경제 규모가 세계 10위권으로 발돋움하였고 현대문명의 첨단을 걷고 있다.

휴대폰은 전 국민이 한 대씩 가지고 있고, 자가용도 한 가정에 한 대 이상 보유하고 있는 실정이다. 차를 몰고 나가보면 옛날과 달라 성인이면 남녀 구분도 없으니 복잡해 운전하기도 어렵고, 휴대폰은 모두 들고 다니면서 하고 있으니 정말 편리한 세상이 되기도 하였다. 이제 우리는 조상들의 애끓는 이야기를 전하면서 내일의 더 많은 발전이 있기를 기대해 보아야 할 것이다.

사람은 언제나 현시점에서 더 편리하고 안전한 가운데서 유용한 것을 추구한다. 이와 같은 것 때문에 돈도 모으고 자동차도 사며, 편리한 시설을 갖춘 집도 짓게 된다. 그러나 그 정도가 어느 시점이 한계점인지를 정하는 것이 사람에 따라 다르기에 결정하기 어려운데, 이것이 욕심 많은 사람과 적은 사람의 차이점이라 하겠다.

왜 돈이 많으면서도 더 많은 돈을 모으려고 애쓰고, 좋은 집에 살면서 불편을 못 느껴도 더 비싼 집에 살려 하고, 고급차를 몰고 다니면서 더 비싼 차를 사려고 하는지? 현시점에서 살펴보면 우리가 어렸을 때나, 젊은 시절의 경제력을 비교해 보면 훨씬 풍부하게 잘살고 있는데 힘들어하고 있다.

이와 같은 현상은 도구가 목적을 누르고 사람이 소외되는 세상으로 되어 가기 때문이다. 경제 성장은 빠르게 나아가지만 현실적으로 불안하고 이들 내면의 행복에 어느 정도로 중요하게 작용하고 있는지 생각해 보아야 할 것이다.

돈을 발행할 때는 편리하게 잘 쓰도록 만들어 놓았는데 이제는 많은 사람이 돈에 노예가 되고 있으니 슬픈 일이다. 그렇다면 어느 정도의 부를 어떻게 소유해야 할 것인지? "가난해도 유혹에 흔들리지 않고 부귀해도 음탕하지 않는 삶"이 올바른 정신이라 할 수 있으니 서로 보람되게 살아야 할 것이다. 그 보람이 작으면 자신을 위한 것이라 할 수 있지만, 이웃을 위한 것이라면 큰 보람으로 인정받을 수 있다.

살다 보면 한 번씩 과거를 회상하는 기회도 있지만 그 삶이 오래되어 늙어지면 삶의 흔적이 남게 된다. 그 흔적은 자기 삶의 결과물로 되는데 살아온 과정에 따라 발명품이나 자서전 같은 책으로 될 수도 있고, 화가였다면 좋은 그림이 될 것이다. 그러한 가운데 가장 값어치 있는 사랑을 어머니는 자식들의 가슴에 흔적으로 남겨 주었다.

현명한 사람은 자기가 뜻하고 있는 것을 성취하기 위하여 고통이나 불편을 잘 참고 이겨내야 한다. 우리는 자신의 애틋한 과거를 거울삼아 현실에 충실하고 서로 도우면서 즐거운 인생이 되도록 노력해야 할 것이다.

제4장

성공의 길

성공을 위한 마음가짐

한평생 보람 있게 잘살기 위해서는 일찍 젊은 시절에 성공의 문을 두드리고, 빛나는 인생길을 만들자면 많은 것을 깨달아야 할 것이다. 이를 위해 무엇보다도 매사에 자신감을 가지고, 좌절감을 이겨내는 힘을 기르고, 지속적으로 새로움에 도전하는 마음을 가지는 것이 중요하다.

누구나 자신이 일하는 분야에서 한 번쯤은 성공할 것이라는 희망을 가지고 나름대로 열심히 살아가고 있다. 그렇게 하기 위해서는 기초를 충분히 잘 다져 놓아야 한다. 매일같이 지나다니는 다리를 교통량이 많아 넓히려고 공사를 하는 경우가 있다. 처음 다리를 시공했을 때 안전을 위한 충분한 기초가 잘되어 있어야 이와 같은 공사를 할 수 있는 것이다. 그렇지 못하다면 언젠가는 견디는 힘이 없어 무너져 내릴 것이 확실하다.

많은 유산을 받은 사람이나 어쩌다가 복권에 큰 액수로 당첨된 사람은 사회적인 부를 갖고 있어 성공했다고 할 수도 있지만, 자신의 노력에 의한 결과는 아니다. 이러한 성공은 많은 시련을 극복하여 경험을 통해 얻은 결과와 비교하면 그 가치가 다르다. 이루고자 하는 일에 집중력과 능력 향상을 위해 어려운 상황을 극복하려는 단단한 마음가짐을 갖는 것이 성공을 위한 기초단계라고 볼 수 있다.

진정한 성공이란 장기간의 계속된 노력으로 자신의 능력과 잠재력을 최대한 발휘하도록 하여 자신의 가치를 계속 높여가는 것이다. 나의 제자 중 한 사람은 평소에 근면하고 적극적인 성격의 소유자였기에 어느 곳에 머물러도 크게 성공할 것이라고 생각했다. 마침 국가 재능기구에 취업하게 되어 처음부터 열심히 일했다고 한다. 처음 직장을 갖게 되면 대부분이 윗사람이 시키는 일만 열심히 하려고 하는데, 이 사람은 누가 시키지 않아도 필요한 일을 찾아내어 솔선수범해서 처리하는 태도를 갖고 있었다. 이렇게 열심히 살아왔기에 현재 정부 관청에서 장관급 관리로 임하고 있으며 좋은 평판을 받고 있다. 자신만의 목표를 설정하고, 활기 있게 자기 업무를 익혀가며 많은 일에 도전적으로 임한 결과라고 생각한다.

조직 내에서 승진하려면 무엇보다 실적이 중요하다. 이를 위해서는 평소의 마음가짐이 중요하기에 자기에게 기본으로 주어진 업무뿐만 아니라, 필요한 일을 예측하고 찾아서 해야 한다. 그렇게 하자니 시간과의 싸움이 벌어지게 되는데, 스스로 토요일 오후나 일요일에도 출근하게 되고 한밤중까지 그 일에 집중하여 매달리게 된다. 이렇게 함으로써 많은 지식과 효율적인 방법이나 수완

이 쌓이게 되고, 자연적으로 그 분야의 일인자로 인정받게 된다. 결국 승진하게 되고 조직의 책임자로 이어지게 될 것이다.

성공을 거두기 위해서는 끊임없이 성장 과정을 거치는 것이 누구에게나 필연적이라 생각한다. 진정한 성공은 열심히 노력한 대가로서 얻어지는 결과이기에 인내심과 끈기가 있어 다른 사람과의 차이를 보여주는 것이 중요하다. 아울러 성공한 사람은 매일 조금씩 전진해간 결과라고 보아야 할 것이다. 누구나 매일 조금씩 발전해 간다면 결과는 확실히 보일 것이라고 믿어도 좋다. 더 중요한 것은 같이 근무하는 사람과의 화합이 잘되어야 하고 덕을 많이 쌓아야 한다.

좋은 대학을 졸업하거나 우수한 자격증을 소지한 사람은 그렇지 못한 사람과는 출발점이 다르다. 미국에서도 유명한 하버드 대학에서는 대통령 8명, 노벨상 수상자 44명과 미국에서 가장 권위 있는 퓰리처상(Pulitzer prize) 수상자 30명을 배출하였다. 그러나 출발점이 뒤처져 있다 하더라도 자기에게 주어진 업무를 완벽하게 처리하고, 동시에 자기가 소속한 분야에서 지속적으로 노력한다면 성공의 길은 항상 열려있다. 매일같이 조금씩이라도 끊임없이 발전해 간다면 그 기술과 능력이 쌓여서 소속된 조직의 책임자로부터 기회를 얻을 수 있게 된다. 이렇게 한다면 자연적으로 목표를 달성하게 되고 성공했다고 자부할 것이다.

한편, 작은 성공에 만족하여 머물게 된다면 성장은 멈추게 되고 더 발전할 수 없게 된다. 지금 내가 성취한 것보다 더 위대한 일에 끊임없이 도전하면서 살아야 우리 사회의 진정한 더 큰 일꾼이 될 수 있다. 자신의 능력을 인지하고 그 능력을 최대한 발휘하도록 하여 목표를 성취해야 한다. 처음 세운 목표를 성취하였다면 또 다른 목표를 세워 그를 향해 도전해야 할 것이다. 그리하여 더 좋은 것을 추구하기 위해서 향상심을 높여 꾸준히 임해야 한다.

자신의 마음에 잠재하고 있는 성장의 원동력을 움직여 끊임없이 자아를 완성하고, 더 발전적인 인생을 추구해야 할 것이다. 이렇게 하는 것이 먼 훗날 더 큰 성공을 달성하게 될 것이며, 스스로 만족하고 성공한 사람으로 남게 될 것이다.

인내심을 길러라

　우리 주변에는 적은 일에도 화를 참지 못하고 자기감정으로 행동하다가 잘못된 일을 후회하는 사람을 쉽게 만날 수 있다. 이와 같이 작은 감정을 쉽게 다스리기 위해 불평하지 않고, 화내지 않고, 처리하기 위해서는 이성을 잃지 않으려는 노력이 해결책이라고 생각한다. 따라서 자신이 처해있는 환경을 바꿀 수 없다면 자신의 감정을 다스리는 법을 익혀야 한다. 어떤 일이든지 그것이 잘못되었다고 화를 내는 것보다 좋은 선택이 있기에 실수를 줄이려면 마음이 좋지 못할 때, 그것이 정말 화낼 일인가 다시 한 번쯤 생각해 보아야 할 것이다.

　일반적으로 사람들은 좋은 것은 즐기지만 별것도 아니라고 생각하는 일에 화를 잘 내는 경우가 많다. 신은 한 사람을 망하게 할 때 가장 먼저 화를 돋운다고 한다. 한편 훌륭한 사람들은 "자신의 감정도 다스리지 못하는 사람이 어떻게 자신의 인생을 장악할 수 있겠습니까"라고 말한다. 자신의 감정을 이겼을 때 본인의 운명을 장악할 수 있다고 한다. 그러기에 절대로 자기감정에 휘말리지 말아야 할 것이다.

　사람은 감정이 있기에 좋은 일이 생기면 기뻐하고 나쁜 일이 생기면 반대로 불평하게 된다. 똑같은 상황을 마주할 때도 보는 관점에 따라 2가지 표현이 나오는 것이 보통이다. 즉 어떤 일을 보는 관점이 긍정적인지, 부정적인지에 따라 좋은 일이 될 수도, 나쁜 일이 될 수도 있다는 뜻이다.

　긍정적인 마인드를 가지면 언어와 행동뿐만 아니라 운명까지도 바뀌는데, 이러한 긍정적인 마인드로 자아를 실현한 대표적인 예가 현명한 사람들의 행동이라 할 수 있다. 행복한 인생을 살 건지, 불행한 인생을 지낼지는 일과 사물을 대하는 자기 자신의 마음가짐에 달려있다. 긍정의 마음가짐을 가진다면 자연적으로 고통의 무게가 줄어들고 기분도 좋아져 행복하고 성공적인 삶을 꾸려 갈 것이다.

　주변에서 일어나고 있는 대부분의 일은 우리가 해결할 수 없는 불가항력의 것들이 많다. 그러나 그러한 일들이 생기는 데는 나름대로 긍정적인 의미가 있다. 이것은 인내심이 중요하기에 이를 제어할 수 있는 힘을 길러 자신을 제어할 수 있게 해야 할 것이다.

　인내란 나약함과 무능함을 나타내는 것이 아니라 긍정적 마인드의 일종이라 보아야 한다. 순간의 화를 참지 못하고 감정대로 일을 처리하는 사람은 큰일을 처리할 능력이 없는 사람이라 할 것이다. 그러나 자제하고 인내할 수 있는 힘을 길러 자신의 감정을 다스리고 평정심을 유지할 수 있다면 성공할 수 있을 것이다. 화를 자제하기 위한 여러 가지 방법이 있으니 순간의 화를 잘 모면하면 좋은 일이 생기고 어리석음이 없어질 것이다.

당신은 원하는 만큼 성공하지 못한 이유를 아는가?
지나친 긴장감이 당신의 발목을 잡은 것은 아닌가?

이들을 해결하기 위해서는 먼저 편안한 마음을 가질 것이며, 그 마음을 가다듬어 자신의 장점을 찾고, 긴장감을 완화하면서 노력해 보아야 할 것이다. 자신의 생각에 따라 인생이 달라지기에, 부정적인 생각은 세상살이를 망하게 할 것이다. 반대로 긍정적인 생각은 안 되는 일도 이룰 수 있게 하는 힘이 있다는 것을 명심하고, 일을 성취할 수 있는 인내심을 길러야 할 것이다.

용기 있는 인생이 되어라

내가 어느 날 시민을 대상으로 한 초청 강연에 간 적이 있다. 강의실에는 강의를 듣기 위해 많은 시청자가 참석했다. 참석자가 많아 뒤쪽에는 빈자리가 없었으나 맨 앞줄은 거의 비어있었다. 강의를 마치고 "이렇게 수강자가 많은데 왜 앞에는 자리를 앉지 않는 겁니까?" 하고 물어보았다. 그러나 조용하기에 혹시 내가 앞사람에게 질문이라도 할까 걱정되어서 그러냐고 했더니 그렇다고 답했다.

태도가 바른 사람같이 보이기에 다음부터는 어떤 강좌에 가더라도 맨 앞에 앉으라고 권고해 주었다. 이유는 같은 시간에 자신에 대한 자신감을 가지고 타인과 다른, 자신의 강한 자신감을 보여주기 위해서이다. 회의나 강연에서 앞자리를 앉은 사람은 적극적이며 열성적인 사람으로 인정받게 될 것이다.

어떤 대학이나 중요한 기구에서 많은 성공자를 배출할 수 있는 것은 수준 높은 교육도 중요하지만 성공할 수 있는 정신을 대상자에게 심어 주었기 때문이다. 이것은 정신이 굳건한 사람이 자신감을 가지고 훌륭한 사람이 될 수 있다는 것이다. 사람은 기회가 오면 도전해야 하지만 어떤 목표를 가지고 남다른 노력을 하는 것도 필요하다.

어떤 일을 수행하는 데 방해를 받거나 비난받아도 신념을 저버리지 않을 뚝심이 있어야 그 일을 성취할 수 있다. 많은 사람의 의문에도 주저함이 없이 자신을 인정할 수 있는 사람이 지혜로운 사람이며, 성공을 할 수 있는 것이다. 절대적인 마인드를 가진 자는 스스로 자신을 믿고 전진할 수 있다.

누구나 다른 사람의 이목을 집중시킬 능력은 가지고 있다. 하지만 신념 없이는 하지 못한다고 생각한다면 성취하기 어렵다. 어떤 일이건 적극성을 가지고 할 수 있다고 한다면 가능성이 커지지만, 못한다고 미리 단정해 버리면 소극적으로 변해 사업을 성취할 수 없게 된다.

자신감을 가지고 일을 할 수 있다고 생각하면 반드시 그 일을 성취할 수 있게 된다. 그렇기 때문에 성공하기 위하여 모든 사람은 성공의 비결을 찾게 된다. 어려움이 많을지라도 "나는 할 수 있다"라는 마음가짐이 가장 중요한 것이다. 이렇게 자기 스스로를 믿는다는 것은 성공을 위한 필수 조건이라 한다. 사람들의 생각이 다르지만 일 또한 완전히 가능한 일도, 완전히 불가능한 일도 없는 것이다. 그러나 좋은 결과를 갖고 싶다면 스스로 "나는 할 수 있다"를 여러 차례 되뇌어 보아라.

한 모임에 키는 작으면서 몸매는 엄청나게 뚱뚱한 여인이 있었다. 주변에서 그 사람보다 특별해 보이는 사람은 없었다. 그러한 가운데 이 여자의 얼굴에는 웃음이 가장 강하게 보이고 있었다. 오랜만에 만난 친구가 말하기를 세월이 조금 지나 그 여인을 만났더니 몸은 더 뚱뚱해 보이지만 얼굴은 더욱 웃음이 차 있어 보기 좋았다고 한다. 그래서 친구가 집에 좋은 일이 있냐고 물어봤더니 그 여인이 아니라고 대답했다고 한다. 그러면서 "사람은 생각 나름이다"라고 그 친구가 말했다.

뚱뚱하거나 말랐거나, 키가 크거나 작든 간에 상관없이 기억해야 할 일은 "자신감이 곧 아름다움이다"라고 하였다. 독일의 극작가이며 정치가, 과학자인 괴테는 재산을 잃으면 조금 잃은 것이요, 명예를 잃으면 많이 잃은 것이지만, 용기를 잃으면 전부를 잃는 것이라 했으니 용기를 잃지 말아야 할 것이다.

좌절하지 않아야 한다

누구나 살면서 자기 사업은 물론이거니와 각종 질병 때문에 한 번 정도는 좌절하게 된다. 젊은 사람은 물론 중년 정도라 할지라도 갑자기 일이 생기면 근심 걱정을 하게 된다. 어린아이들을 기르는 부모들도 같은 마음이다.

한 번은 아이가 축담에서 마루로 올라오고 내려가는 놀이를 하다가 발을 잘못 디뎌 축담으로 넘어졌다. 그런데 문제는 넘어지면서 머리가 먼저 떨어져 곧 붉은 피가 나오는 것이었다. 갑작스러운 상황에 놀란 아이는 울기 시작했고 상황을 지켜보던 어머니는 매우 당황하셨다. 피를 닦고 붕대를 감아 응급 치료를 하고 병원으로 데리고 가려는 순간에 아버지와 마주쳤다.

아버지께서는 자초지종의 말씀을 듣고 아이에게 너무 심하게 뛰어놀지 못하게 당부하시고, 그 정도는 병원에 가지 않아도 된다고 하셨다. 그런 일이 있고 난 뒤 이 아이는 자라면서 좌절하지 않고 그 당시에 있었던 일을 거울삼아 잘 성장하였다고 한다.

대학을 졸업하고 회사에 취업하여 회사에서도 인정받았으나 불경기를 맞아 같이 입사한 친구들과 함께 세 명이 정리해고 대상이 되었다. 이렇게 갑작스러운 일을 맞이하게 된 두 명의 친구는 불만을 품고 평소보다 업무를 소홀히 처리했다. 그러나 어린 시절 이마에 상처받아 자란 청년은 자기의 능력이 부족하여 인정받지 못한 것이 이유가 아닐까, 하는 생각을 하고 맡은 업무에 최선을 다하였다. 이렇게 한 결과는 크게 달라져 친구 두 명만 정리해고를 당하고 그 청년은 사장이 능력을 인정해 계속 근무하도록 하고 승진까지 하였다.

이렇듯 갑작스러운 상황을 당했을 때 대처하는 방법은 많다. 일단 본의 아니게 큰일이 닥치게 되면 누구나 당황하거나 좌절하는 경우가 생기게 되어있다. 이들 중에서도 좌절하는 것이 좋은 일이 될지 나쁜 일이 될지는 당한 사람이 받아들이는 방향에 따라 달라진다.

다른 사람보다 뛰어나고 싶거나 인정받으려면 더 많은 역경이나 고난을 견뎌야 하고, 자신의 잠재력을 끌어내어 성공할 수 있느냐 없느냐는 좌절하지 않고 꾸준히 노력하는 것에 달려있다. 사람이 본의 아니게 좌절하게 되었을 때 어떻게 대응할 것인가는 그 사람의 능력이라 할 수 있겠지만 실망감에 젖어 있게 되면 생활에 도움이 되지 않는다. 좌절해 슬퍼하고 자신의 처지를 불신하는 대신 당시의 일을 앞날의 밑거름으로 삼아야 할 것이다.

일을 하다가 본의 아니게 잘못이 생겼다면 좌절하여 사고를 숨기지 말고 용감하게 책임을 져야 한다. 타당치 못한 이유를 말하거나 잘못을 숨기려 하다 보면 그것이 언젠가는 밝혀져 성공으로 나가려는 발목을 잡을 것이다.

현명한 학자들은 일에 성공하기 위해서는 꼭 필요한 조건이 세 가지가 있다고 했다. 첫째는 재능이요, 다음은 기회이며, 마지막으로는 자신의 잘못에 대한 반성이라고 했다.

제아무리 훌륭한 사람이라 할지라도 크고 작은 실패를 겪은 이는 많다. 그러기에 실패를 경험하지 않은 사람은 성공도 할 수 없다고 믿을 정도이다. 그들의 실패는 미래를 위한 힘의 비축이라고 생각한다. 성공한 사람들은 성공하기까지 많은 실패를 겪고 이를 경험 삼아 얻은 결과라고 말할 수 있다.

실패란 자신을 똑바르게 볼 수 있는 기회가 될 것이며 그 이전의 방법이 잘못되었다는 것을 증명하는 계기가 된다. 이것을 계기로 삼아 방법을 바꿔 다시 시작하는 기회를 마련하는 것이 현명한 방법이다.

실패가 행운이 될지 큰 불행이 될지는 본인의 자세에 달려있다고 보아야 할 것이다. 용감하게 다시 일어나 실패를 직시하고 실패의 원인을 밝혀 이겨내는 길로 나아간다면 성공할 수 있을 것이다. 따라서 실패는 대수롭지 않은 일이며, 생각을 바꾸면 새로운 시작점이 될 수 있다. 한 번의 실패를 쉽게 포기하지 않고 좌절하지 않는다면 절대 실패한 인생을 살지는 않을 것이다.

잘사는 사람의 처세술

과학이 발전하고 국민 소득이 높아지면 행복하게 잘살아야지 하는 것은 누구나 갈망하는 일이다. 만나면 서로 반가워 친절하게 인사 나누며 남에게 호감을 살 수 있고 칭찬을 받으려면 내가 먼저 상대방을 존경해야 한다. 훌륭한 대우를 받으려면 먼저 상대방이나 자기와 무관한 사람일지라도 존중하는 습관을 가져야 함이 도리이다.

지식도 중요하고 사물에 대한 분석력과 이해력도 필요하지만, 그중에서 가장 중요한 것은 실천하는 힘이 있어야 한다. 실천력이 없으면 모든 일은 허사로 되고 말 것이다. 공공기관이나 회사를 막논 하고 일을 해야 하는데 그 일을 혼자가 아니라 공동으로 수행하자면 분담해서 해야 할 것이다.

일의 크기나 분야에 따라 일정 시간이 소요되기에 약속 시간을 잡게 된다. 그런데 지시나 약속을 받았으나 이를 어기는 경우가 있을 수 있다. 이렇게 되면 신용을 어기는 짓이 된다. 신용이 있어야 다른 사람들의 도움도 받게 되는데, 신용은 천하를 누빌 수 있는 힘이 있다고 할 정도로 중요하다.

이렇게 중요한 신용을 가질 수 있는 비법은 어떠한지 의문이 갈 것이다. 제일 먼저 사람과 교류할 때는 항상 진실해야 한다. 그렇게 해야 지지해 줄 것이다. 다음으로 할 말은 실천에 옮겨 믿음을 주어 약속은 반드시 지키도록 해야 한다. 그리고 작은 일이라 할지라도 신용을 중시해야 한다. 작은 일이라고 소홀하게 되면 큰일은 절대 실천하기 어려워지기 때문이다.

사람이 세상에 태어나면 자기 할 일을 성실하게 수행해야 할 책임이 주어진다. 영국의 총리를 지낸 윈스턴 처칠은 "위대함의 대가는 책임"이라고 했다. 책임은 여러 각도에서 보아도 그 중요성이 높은 것이기에 서로 자기 책임을 중히 여기고 빈틈없이 잘 수행하여야 한다.

성공을 위한 준비 단계가 많겠지만 큰일이거나 작은 일이거나 관계없이 일에 대한 호기심을 갖는 것이 중요하다. 호기심이란 내용을 잘 모르거나 새로운 일에 대한 관심을 갖는 것인데, 나이가 들어가면 자연적으로 호기심이 점점 약해진다. 그러나 성공은 호기심에서 비롯된다는 말이 있다.

옛말에 자와 컴퍼스가 없이는 사각형이나 원을 그릴 수 없다고 했다. 이것은 주어진 명령을 받지 않거나 지켜야 할 규칙을 자기 마음대로 해서는 안 된다는 것이다. 사람은 일하는 가운데서 본인의 가치를 알 수 있기에 주어진 일을 잘 수행할 때 그 분야에서 성과를 보게 될 것이다.

일반적으로 자기의 재능이 있음에도 그 재능을 알아내지 못하기에 성공을 못 하는 경우도 많다. 중요한 것은 인생의 첫 과제가 자신을 바로 알고 제대로 자리를 찾는 일이다. 자신을 정확히 알고 본인에게 알맞은 일을 찾는 것이 중요한 성공의 지름길이라 할 수 있다.

계획을 잘 세우고 자기의 능력을 발휘하여 일정한 기간 동안 나름대로 진행하였으나 차질이 생기는 수가 있다. 누구나 부와 성공을 위해 실패와 역경을 헤치고 지금의 행운과 성공을 누릴 수 있는 것은 그들의 긍정적인 마음가짐이다. 긍정적인 마음을 가지게 되면 결코 패배를 인정하지 않는다.

이와 같이 성공을 위해서는 일에 대한 계획을 잘 세우고, 그 일에 대한 호기심을 가지면서, 책임성 있게 신용을 보여주고 실천하는 것이 처세술이라 할 수 있다.

이러한 성공을 위해서는 건강해야 하는 것이 필수 조건인데, 성공을 위한 모든 것을 얻을지라도 건강을 잃으면 아무 소용없는 일이다. 자신이 건강을 잃는다면 부와 성공의 길로 나아가지 못함을 명심해야 한다. 같은 말이라도 상대방이 기뻐할 수 있는 말을 할 줄 아는 사람이 성공하게 되어있다. 지금도 이렇게 성공한 지인들을 가끔 만날 수 있는데 이들은 젊은 시절에 성공을 위해 부지런히 노력한 사람들이다. 하늘과 땅을 꿰뚫을 수 있는 힘이 있으니, 이것을 깨닫고 앞에 부닥치는 모든 장애물을 제거하는 마음가짐을 해야 한다.

상대방에게 기쁨을 준다는 마음을 유지한다는 것이 자신이 더 즐거워지는 것으로 웃어 주면 이 세상도 함께 웃지만 반대로 울 때는 나 혼자만 울게 된다. 따라서 생각을 바꾸면 또 다른 세상을 구경하게 될 것이다.

자기 능력을 개발하라

　사람은 누구나 잠재력은 가지고 있으나 용기 있게 도전하는 사람만이 뛰어나게 성장할 수 있다. 살면서 성공하고 싶고 성공에 매진하게 되어 자기가 원하는 일이 성취되었을 때는 자연적으로 성공했다고 생각한다. 그러한 생활 속에서 이룬 것보다 더 좋은 일들이 많이 있는데도 불구하고 무관심하다면 얼마나 비극적이겠는가. 어떤 일을 하는데 순간적인 만족에 멈추지 않고 자기의 체력, 지력, 정신력 등을 최대한 경주하여 더 큰 만족감을 추구하는 사람이 성공할 수 있는 사람이라 해야 할 것이다.

　사람들은 자기의 능력이 어느 정도인가를 잘 모르고 살고 있다. 학생들에게 숙제를 내어주고 내일까지 풀어오도록 했을 때, 선생은 이 학생들의 능력이라면 충분히 해결해 올 것이라 생각하고 문제를 주었다. 그러나 문제 풀이를 대부분은 하였으나 그중 몇 명은 답을 하지 못했다. 이러한 일은 자기 불구화로 일어난 것이다. 즉 게을러서, 기억력이 나빠, 선천적으로 머리가 모자라서, 하는 핑계를 가지고 있어 자기 능력을 과소평가하기 때문이다.

물리학의 아버지라 불리는 뉴턴(Isaac Newton)은 운동과 힘에 관한 기본 법칙 3가지를 발명하고도 그는 전혀 자만하거나 우쭐대지 않았다. 사람들은 그를 역학의 대가요, 역학의 아버지라고 칭송했지만, 본인은 그러한 성공 앞에서 자신도 모르는 진리가 아직도 헤아리지 못할 만큼 많다고 생각했기에 계속 진리 탐구에 매진한 것이다. 그 결과 만유인력의 법칙을 발견하게 되었다. 이와 같이 작은 성공은 종착점이 아니라 또 하나의 새로운 출발점으로 여겨 더 큰 성공을 향한 도전이 그토록 대단한 결과를 가져올 수 있는 성공의 비결이기도 하다.

성공하고 싶으면 자기 머릿속에 구체적인 그림을 그려보고 이를 현실로 만들기 위해 끊임없이 자신을 담금질해서 더 강력한 힘을 갖게 되면 자연적으로 성공 횟수가 증가하고 본인이 구상한 모습으로 태어날 것이다.

장기적인 안목을 가지고 미래를 위해 투자하라는 가르침이 있다. 이렇게 하기 위해서는 투자의 방향인 인생의 목표를 설정해야 하며 그 목표를 향해 매진해야 할 것이다.

에디슨은 "자신의 목표를 향해 끝없이 전진하는 사람에게는 온 세상이 길을 내어 줄 것이다"라고 했는데 목표가 있으면 잠재력을 발휘할 수 있어 반드시 성공할 수 있다. 우리는 경쟁 속에서 성장하고 경쟁 속에서 성공한다. 우리가 어떤 능력을 갖추고 있다고 하더라도 사용하지 못하고 있으면 이것은 그저 잠재 능력일 뿐 인생에 아무런 도움이 되지 못한다.

근대 심리학의 창시자인 윌리엄 제임스는 자기가 가지고 있는 능력을 충분히 발휘하고 싶다면 현실에 안주하거나 매너리즘에 빠지지 말고 무엇이든 많은 것을 용감하게 시도해 봐야 한다고 말했다. 사람은 자신감과 함께 젊어지고, 두려움과 함께 늙어가며, 희망과 함께 젊어지고, 실망과 함께 늙어가는 것이라고 한다.

　　자기의 능력을 개발하려면 호기심을 가져야 한다. 호기심이란, 잘 모르는 일이나 새로운 일에 대한 관심을 가지는 것으로 많은 사람이 나이를 먹을수록 호기심을 잃어가고 있다. 자연적으로 반복되는 하루를 보내게 된다는 느낌에 무기력하게 생활하기 때문이다. 살면서 욕심에 사로잡혀 만족할 줄 모른 채 불평만 하고 지내지는 않았는지 가끔 뒤돌아보아야 할 것이다.

　　위대한 지도자가 되려면 팀을 잘 관리해 진정한 팀을 만드는 기술이 필요하다. 당신이 아무리 능력가라 할지라도 혼자 힘으로 큰 일을 성취하고 성공하기란 어렵기 때문에 힘을 합하는 것이 빠른 성공의 길이 될 것이다.

　　한 사람의 지혜와 능력에는 한계가 있다. 따라서 여러 사람이 머리를 맞대어 큰 지혜를 일으키도록 해야 할 것이다. 어떤 분야가 성공하려면 그 분야의 종사자들이 합심하여 같이 노력할 수 있는 힘을 모을 수 있는 것도 본인의 능력이다.

기회를 놓치지 말자

만물이 존재하는 자연계에는 4계절이 있듯이, 사람이 살아가는 삶 속에는 성공에 다가가기 위한 기회(機會)가 있기 마련이다. 그 기회가 농부, 노동자, 정치가, 연구업무를 하는 사람이나, 어떤 직업을 가진 자라 할지라도 본인이 하고자 하는 일을 수행해 가는 데는 쉬운 것도 있지만 힘든 것도 많다. 일을 하다가 자기에게 닥쳐온 기회를 잡지 못하고 놓쳐버리는 경우도 있어 억울해하기도 하고, 다시는 그러한 기회가 오지 않을 것이라고 원망하기도 하는 것이 인생의 삶이라고 하겠다.

하려고 하는 일을 한번 실천해보지도 못한 채 지나가 버린 성공의 기회가 있을 수도 있다. 그 기회를 알 수 있는 통찰력이 있어야 하는데 자신의 것으로 만들 수 있는 결단력과 창의력이 필요하다. 아무리 좋은 기회가 자기 앞에 놓였다고 하지만 이를 활용할 수 있는 능력이 없다면 소용없는 일이니, 평소에 기회가 오면 잘 포착할 수 있는 능력을 길러 놓아야 한다. 따라서 좋은 기회가 있다 하더라도 준비된 자만이 자기 것으로 만들 수 있는 것이다.

아무런 느낌이나 예고도 없이 다가왔다가 지나간 귀중한 기회가 다시는 오지 않을 것이라고 생각하지만, 그렇지 않고 자기 주위에서 머물고 있는 것이다. 크고 작은 여러 가지 기회가 있기 때문에 언제, 어떻게 활용하느냐가 문제다. 흔히 말하기를 기회란 봄이 되면 야산에 피어있는 야생화와 같아 잘 모르고 그냥 지나치는 경우가 많다고 한다. 이러한 기회는 아무런 느낌도 없이 우연히 보여서 운명의 결정적인 영향을 미치기도 한다.

프랑스의 대문호 발자크는 "기회의 여신은 항상 베일을 쓰고 있어서 진짜 모습을 보기 어렵다"고 했다. 많은 사람은 기회를 "하늘의 뜻"이라고 생각하며 신비한 것으로 여기고 있다.

우리나라의 현대산업에 크게 영향을 미치고 있는 삼성기업도 시대적으로 필요하고, 첨단과학으로 앞장서게 된 것도 IT 산업에 포착하여 세계적인 산업으로 발전시켰다. 이러한 첨단산업 역시 일찍 좋은 기회를 포착해서 산업화시켜 성공한 대표적인 예이다. 그 외에도 현대중공업, LG산업, SK그룹, 현대차 등 많은 기업이 기회를 잘 포착하여 대성공의 길을 달리고 있다.

기회를 잘 포착하여 성공의 길로 달리는 사람도 많지만 그렇지 못하고 넘어져 좌절감에 빠진 경우도 많다. 그러나 그 난관을 극복하기 위해 긍정적인 사고방식을 가지고 새로운 기회가 오도록 만들어야 한다. 새로운 희망의 등불이 되어 좌절에서 솟아 나올 수 있도록 또 다른 숨어 있는 기회를 찾아야 할 것이다.

기회를 찾아 활용할 수 있는 준비된 사람은 우연히 만난 기회를 성공의 발판으로 만들 수 있다. 기회는 항상 당신 옆에 있다는 것을 명심하고 어떤 순간에 찾아온 기회를 자기 것으로 만들어 놓아야 한다. 모처럼 찾아온 기회이지만 착각하거나 자기 것으로 옮기지 못하는 사람은 안타깝게도 성공의 열매를 얻지 못하게 된다. 성공한 사람이 되고 싶으면 좋은 기회가 왔을 때 놓치지 않도록 꼭 기회를 잡는 데 최선을 다해야 한다.

장가를 가고 싶은 청년이 있었다. 어느 날 공원쉼터에서 잠시 쉬는 사이에 여자가 옆에 앉았다. 그 청년은 그녀의 모습이 아름다워 몇 마디 이야기를 시작하고는, 결국에는 "당신은 내가 찾고 있는 이상형인데 결혼하고 싶습니다." 이렇게 용기 내어 말을 던졌고, 그 말 덕분으로 기회가 성사되었다. 용기 내지 못하고 그냥 지나쳐 버렸다면 이러한 기회가 다시 오기 어려운 운명이었을 것이다.

명석한 두뇌와 현명한 판단력이 있어야 하고, 이를 실천한 것이 성공의 열쇠이다. 좋은 기회가 왔을 때 이를 잡아서 성공할 것을 명심하고, 평소에 최선을 다해 노력하고 살아가야 할 것이다.

일을 잘하는 법

사람은 태어나서 죽을 때까지 일하다가 평생을 보낸다. 그러기에 태어나서 한평생 일하다가 죽는다는 말을 하기도 한다. 일 중에서도 본인이 좋아하는 일과 사업이나 업무상 해야 하는 일로 나눌 수도 있다. 같은 일이라도 나이에 따라, 생각에 따라 다르게 할 수도 있다. 그 일이 재미가 있어 좋은 일이라 할 수도 있겠지만 사회적 기대와 압박이나 주위의 간섭 때문에 변화를 가져올 수도 있는 것이다.

젊은이들이라면 이 정도는 이루어야지 하는 생각도 있겠지만, 나이 든 사람들은 생각을 줄이거나, 할 일을 자기의 가치관이나 일의 중요성을 판단하는데 차이가 생길 수도 있다.

나의 강의가 있을 때는 그 주제에 알맞은 내용을 충분하게 준비하지만, 내가 평생 연구한 분야거나 터득한 분야와 이질적이라면 마음의 준비가 상당히 어렵게 느껴진다. 특히 나에게 이러한 특강을 부탁할 때는 부탁하는 상대방도 중요하지만 강의를 듣는 수강생들의 호응도가 중요하기 때문이다. 이것을 조금이나마 해소하기 위해 강의의 말미가 되면 반드시 질문 시간을 주어 조금이라도 만족감이나 호응도를 높이기 위해 알맞은 답변을 해주려고 한다.

흔히 잘 알고 있는 유명한 가수들이나 운동선수들도 인정받지 못했을 때는 본인들이 무엇을 잘하는지, 무엇을 특징으로 내세워야 할 것인지 잘 모른다. 자기들 주변에는 이렇게 해야 될지, 어떻게 해야 할 방법을 이야기하지만 본인들은 일이 성취되기 전까지는 어려워 고민하게 된다. 이 문제를 해결하기 위해서는 우선 본인이 좋아하는 일을 하는 것이 좋은 방안이다.

일에는 좋아하는 것과 잘하는 것으로 나눌 수도 있으나 좋아하는 일을 선택하는 것이 본인 마음도 중요하지만, 주변에서도 잘했다거나 평생 할 일이기에 칭찬을 받을 수도 있다. 이러한 일은 대단히 어려운 문제이다. 그 일이 본인의 적성에 알맞아 평생 근무하면서 보람도 느끼고 즐겁게 할 수 있었다면 성공한 사람이라 평가받을 것이다. 그런 결과를 얻기에는 일에 대한 열정을 가지고 자기의 능력을 다하여 열심히 해 왔기 때문이다.

많은 사람은 자기도 열심히, 성실하게 했는데도 이루지 못했다고 말하는데 이런 경우는 자기 일에 충분한 이해나 분석이 잘못되었기 때문이다. 좋은 일을 하고 재미있는 일을 하기에는 자기의 실력이 중요하니까 그 일을 잘 수행하려면 충분한 실력을 갖추는 것이 예외일 수는 없다.

사람의 인과관계는 어떤 일이 발생했을 때 해결할 수 있는 사람을 찾아야 하는데 그러한 경우 평소에 대인 관계가 대단히 중요하다는 것을 새삼 인식해야 한다. 일을 선택하는 것은 자기주장을 많이 할 수 없으니 순차적으로 포기하는 기술도 익혀야 한다. 한 평생 잘 살기 위해서 여러 가지 준비 단계가 많겠지만 본인이 좋아하는 일을 업으로 삼아 치열한 경쟁을 하거나 잘하는 일을 좋아하면서 밀고 나가야 할 것이다.

나이가 젊을수록 그 일을 하기 위한 준비 단계에 충분한 시간을 보내야 한다. 먼저 그 일을 잘 분석하여 필요한 사전 준비로 무엇인가에 대한 지식과 과정을 잘 계획한다면 그 일을 성공적인 결과로 가져올 것이다. 인생살이에서 큰 고비를 겪어본 사람이라야 다른 사람의 어려움을 알고 불쌍하게 여기는 마음이 커져 도와주려고 한다.

걷다 보면 어둡고 캄캄한 터널을 혼자 걷는 때가 있기 마련이다. 그러나 끝도 분명히 있기에 고비를 겪어보아야 한다. 어떨 때는 현실에 나타난 대로, 지나간 것은 지나간 대로 자연스럽게 흘려보내고 닥쳐오는 것은 무심코 맞이하는 것도 자기 삶의 지혜이자 처세법이라 생각할 수 있다.

자기가 할 수 있는 일을 찾아서 좋은 일을 하는 사람이 많으면 본인은 물론 사회나 국가도 발전할 것이다. 이제부터라도 일 처리를 잘 모르는 분에 도움을 줄 수 있는 역할을 하고, 그 일을 맡아서 하는 사람에게 도움이 된다면 사회가 발전하는데 기여하는 삶이 될 것이다.

나는 80대에 들어 늦게 글쓰기를 시작해 계속 수필을 써왔다.

이 수필들이 문학신문이나, 잡지에 발표되고 있으며 이들이 수필집으로 출판되면서 (사)한국국보문인협회에서 작품 대상을 받아 명실공히 수필가라는 이름도 달게 되어 감사한 마음이다.

성공을 위한 리더십

우리는 아침에 일어나면 어떤 일을 소중하게 지켜야 할 것, 지금처럼 유지해야 할 것과 폐기해야 할 것들을 아주 정확하게 잘 구분할 수 있게 노력하며 살아야 할 것이다.

살아가는데 훌륭한 리더가 되려면 서로의 공감대를 바탕으로 하는 공동체 의식을 창출하는 능력이 있어야 한다. 이것이 리더가 가지는 가장 강력한 힘이 될 것이며 권력이 될 것이다. 시대가 변해감에 따라 리더십의 개념도 변해가야 한다. 어떤 사람이 해야 할 회사나 사회집단을 성취시키는 데 리더가 촉매제 역할을 하는 사람이 되어야 할 것이다.

이 시대에 필요한 리더십이라면 정치, 경제, 사회 등에서 양극화 현상이 일어나고 있는데 이를 잘 이끌어 가야 하는 사람이 되어야 한다. 진실하고 도덕적인 리더는 사건에 대한 투명성을 가지고 이끌어가야 할 것이나 전 세계적으로 경제나 사회적인 어려움을 겪고 있기에, 서로 협력하는 길이 해결 방법이다.

진실성이 있는 리더는 공공의 이익을 위해 사회문제를 해결하는 데 주력해야 한다. 권력을 위해 부유층이 동원되어 불평등을 야기한다면 이것은 공공의 이익이 위협받을 것이며 사회적 신뢰가 붕괴하고, 공익이나 복지도 존재하기 어렵게 될 것이다.

리더의 구비조건이 무엇이냐고 묻는다면, 사람들은 누구나 자기만의 독특한 특성을 지니고 있다. 그들의 특성을 여건에 따라 용기 있게 행해야 할 것이다. 그 특성은 진정성을 가지고 욕구를 이해하고 문제를 해결할 수 있는 믿음을 갖게 될 때 구성원들은 따르며 뒷받침해 줄 것이다.

이렇게 일을 원활하게 처리하기 위해서는 그 일의 핵심을 잘 파악해 밀고 나가야 한다. 그러나 시간이 장기간으로 될 때 크고 작은 충돌이 생기게 되어있다. 이때 리더는 이를 해결하기 위해 협상해야 한다. 역시 이 협상도 리더에게는 중요한 능력으로 꼽히고 하는데 협상할 때 상대방을 이기려 하는 것 보다 그 일의 목표 달성에 집중해야 할 것이다, 따라서 모든 사람이 자유롭게 자기가 참여할 수 있는 분야가 열려있다고 생각할 수 있도록 해야 한다.

이때 내가 저 사람이라면 무엇을 바랄 것인가?
하는 것으로 그들이 원하는 문제를 빨리 파악하는 것이다.
능력이 있는 리더가 되고 싶으면 그 사람의 요구사항이 무엇인지, 어떤 사람인지, 세상을 보는 관점은 무엇인지를 보다 정확하게 파악하는 일이다. 일을 할 때 그 일에 대한 목표를 잊지 않고 상대방의 입장을 잘 판단하는 것이 가장 중요한 일이다. 작은 일이라면 의견을 소통하는 데 큰 어려움이 없을지라도 규모가 클수록 비전과 미션을 전달하는 것이 어려운 일이다.

어떤 중대한 결정을 내리고자 할 때 큰 문제보다 작은 문제부터 결정짓는 것이 바람직한 일이다. 새로운 사업을 시작하기 위해서는 충분한 심사숙고가 필요하다. 성공적인 의사결정을 위한다면 작은 문제부터 검토하여 사업의 방향을 결정해야 할 것이다.

나이가 들어가면 정신이 깜박거리는데 지나온 세월을 모두 기억할 것이 아니라 아름다운 추억만 기억하라는 것이다. 구름처럼 흘러가는 시간을 선물 받은 것처럼 받아들이면 즐거움이 닥쳐오리다. 더불어 같이 살지라도 고수로 살아야 할 것이다. 고수는 남에게 베풀며 살지만, 하수는 얻어먹는 신세가 될 것이니, 조금 손해를 보아가면서 진행할지라도 화내지 말고 웃어가면서 살아야 한다.

그러면 삶의 진정한 고수는 어떤 사람일까?

그것은 먼저 자신을 존중하는 사람이며, 물론 다른 사람도 존중하고, 사랑까지 해준다면 훌륭한 최고수로 인정받을 것이다. 이러한 마음으로 리드를 해간다면 성공한 삶이 될 것이라고 확신한다.

희망은 성공의 비결

삶에 희망은 성공의 필수 조건이다.

그러나 살아가는 데는 항상 불행과 고통이 따르게 마련이지만, 자기의 목표를 달성하기 위한 희망을 잃지 않는다면 반드시 성공하게 되어있다.

성공한 사람에게는 희망과 믿음을 가지고 살기에 불행이란 잘 찾아오지 못한다. 어떤 경우라도 어려움이 닥치게 되면 작은 희망이라도 간직해두어야 한다. 본인은 이렇게 하기 위해 어려움과 고난이 닥치더라도 소외시키고 일시적으로 나타난 일이니 언젠가는 지나가고 말 것이라고 생각해야 할 것이다. 희망만 잃지 않는다면 그 일의 정도를 막론하고 불가능한 일이나 해결할 수 없는 일이란 있을 수 없다.

어떠한 어려운 문제에 부딪힐지라도 희망을 가지고 해결을 위한 노력과 성실성으로 뒷받침한다면 반드시 해결될 것이다. 강자와 약자의 차이점은 강자는 반드시 스스로를 구할 수 있는 힘의 소유자이다. 강자에게 고난이나 문제가 생겼다고 누구를 탓하거나 하늘을 원망하지 않고, 희망을 안고 적극적으로 최선을 다한다면 막다른 길일지라도 성공하고 말 것이다.

멀리 가는 기찻길은 환승길도 많았는데 아무리 과학이 발달했다 해도 우리 일생 길은 환승 길이 없네. 그러나 환승하지 않고도 더 멀리 갈 수 있을 거야, 하는 호기심만 가진다면 된다. 이 길이 지금의 장수시대에 살고 있는 우리들이 아닌가?

누구의 성공사례에서 알 수 있듯이 호기심은 그 사람의 깊은 연구와 탐구심으로 연결된다. 가는 길에 특별한 일은 없을지라도 호기심만 가진다면 사소한 일이라 할지라도 그 속에 숨겨진 차이를 발견할 수 있다.

나이 먹었다고 핑계할 것 없다. 신나는 인생길 살고 있다면 아들이나 손자들이 하는 일에 대한 호기심을 키워 볼 것이다. 아무리 많은 일들을 경험하고 했어도 보람되게 살려면 자신의 호기심은 잃지 말아야 할 것이다.

의아심을 가지고 눈여겨보고 변화하는 현실에 더욱 명석하게 관심을 가지고 이것은 어디에 쓰는 거야?

이것은 왜 이래?

이것은 무엇이지?

하는 등 의문을 많이 가지고 물어보아야 한다. 이러한 마음가짐을 한다면 호기심은 점점 더 높아져 새로운 일을 시도해 볼 수 있게 된다.

살면서 좋은 일이 있었으나 만족할 줄 모르고 큰일이 아니기에 불평만 늘어놓고 살아가지는 않았는지 한번 돌아보아야 한다. 당신이 행복해도 만족할 줄 모르고 불만에 마음이 머물고 있다면 그 삶은 불행해질 뿐이다. 인간의 욕망은 물질적, 생리적, 사회적 욕구 등으로 나눌 수 있지만 그중에 물질적 욕구는 가장 기본적인 욕구이고, 우리는 이들을 모두 자아실현 할 수 있어야 만족하게 된다. 하지만 지나친 욕심은 고통의 근원이 된다. 감사하는 마음가짐은 은혜에 대한 답이면서 긍정의 마인드이다.

젊은 사람에게 하고 싶은 말은 "희망은 잃어버리지 않아야 한다." 비록 가진 것은 없을지라도 희망을 가지고 있는 사람은 성공할 수 있지만, 가질 수 있는 것을 모두 갖추고 있어도 희망을 갖지 못한다면 지금 가지고 있는 것도 유지하지 못하고 전부를 잃을 수도 있다.

인생은 순간순간 크고 작은 일들이 일어나고 있다. 그중에서도 큰 것이 건강이며, 그 외에도 어려움에 못 이겨 좌절할 때도 있다. 그렇지만 절대 좌절하지 말고 이것을 해결할 수 있는 희망을 간직하고 살아야 한다. 희망은 우리의 삶을 가치 있게 해주고, 희망과 믿음이 있는 자에게는 불행이란 있을 수 없는 것이다.

죽어가는 자에게 살아야겠다는 욕망이 생기도록 깨우쳐주고 정신적인 버팀목이 되는 것이 바로 희망이다. 삶에 대한 믿음이 깊게 있으면 자기 마음에 희망이 생기고 그 희망은 기적을 만들어 낸다. 성공한 사람에게는 희망이란 필수품을 지니고 있다. 뿐만 아니라 용기를 가지고 열정을 다하면서 일을 처리하는 사람에게는 엔도르핀이 솟아 나와 힘이 생겨 자기에게 있는 어려운 일을 잘 처리할 수 있게 된다.

좋은 생각을 가지게 되면 우리는 행복할 것인데 잊고 살기 때문에 느끼지 못하고 살아가는 것이다. 내 삶의 잔량이 얼마나 되는지 본인이 확인할 수 있어야 한다. 변해가는 자연처럼 새롭게 시작할 수 있어야 하며 계절 따라 피어나는 꽃처럼 필 수 있도록 희망을 가지고 노력해야 할 것이다.

어떠한 절망이 있다고 할지라도 당신의 의지보다 강할 수 없다는 집념이 있다면 절망은 희망으로 바뀔 것이다.

일을 즐기며 하자

일당이나 월급을 받지 않고 일을 무보수로 하는 사람들도 많다. 이들은 일종의 창의적인 인물로서 자기 일에 매료되어 놀이와 같은 마음으로 시간을 보내는 사람들이다. 그들도 젊은 시절에는 열심히 노력하면서 살았지만, 지금은 연륜이 쌓인 노령으로, 아직 건강하고 힘이 있어 일종의 놀이로 생각하고 즐기는 사람이다.

실제로 일과 놀이는 차이가 크다. 일을 하는 것은 돈을 받고 하지만 놀이를 하는 것은 돈을 지불하고 하는 것이 많다. 물론 일을 값어치 있게 하지 못한다면 보수를 못 받을 뿐 아니라 자기 직책을 유지하지도 못하게 된다. 그러나 일을 잘 알거나 맡은 의무를 최선을 다해 열심히 하는 사람은 인정을 받게 되고 상호 좋은 결과를 낳게 된다. 인정을 받은 사람은 일을 이해하고 재미있고 신바람 나게 하는데 이렇게 하자면 본인의 마음가짐이 중요하다.

남에게 존경을 받으려면 일을 즐길 줄 아는 사람으로, 놀 때는 모든 것을 잊고 놀 수 있으나 일할 때는 일에만 전념할 수 있는 사람이다. 가장 훌륭한 사람으로 존경을 받으려면 살아있을 때보다 죽고 난 후에 이름이 더욱 빛나는 사람이라 할 수 있다. 이들은 누구나 넉넉한 마음을 가지고 불만 없이 봉사 정신으로 일을 하는 사람일 것이다.

모임이 있어 택시를 타고 가는데 모처럼 기사와 대화를 하게 되었다. 기사는 60대 중년이었는데 공무원으로 퇴임하고 여생으로 보람 있는 시간을 보내기 위해 시작하였다고 한다. 한번은 노령인 할아버지가 승차하였는데 아들 집에 간다면서 가방과 짐을 힘들게 싣고 본인을 태워 상당히 먼 거리를 갔다. 이렇게 목적지에 도착했으나 아들이나 며느리가 보이지 않아 짐은 내렸는데 차비를 받지 못했다. 어쩔 수 없이 봉사의 마음으로 돌아간 적이 있다고 하였다. 많은 택시 기사들이 있지만, 이 기사는 마음의 여유를 가지고 베풀고, 자신의 능력을 사회에 훌륭하게 봉사한 것으로 감사하게 생각한다.

자기가 이 세상을 함께 살아가는 이유를 알고 살아간다면 모든 순간이 소중하고 보람과 행복을 느끼며 사는 것이 되지 않을까. 특별한 존재가 되어야만 가치 있는 인생으로 정의할 수 있다면 본인을 더욱 중시할 수 있을 것이다.

실패는 성공의 어머니라고 한다. 인생살이 뜻대로 안 될 때 하는 말인데 한 번밖에 없는 인생이니 재미있게 살아가야 할 권리와 의무가 있다. 다른 사람 눈치 볼 것도 없이 실패하지 않으려면 나에 대해 잘 알아야 할 것이다. 인간은 사회적 동물이라 했지만 서로 돕고 정신적으로나 육체적인 피해를 주지 않아야 한다. 그래서 실패하지 않으려면 스스로 경계를 두지 말아야 할 것이다.

작은 성공과 실패에 연연하지 말고 자기가 꼭 하고 싶은 일은 생각해보고 그 일이 정당하다면 실천할 것이다. 집은 좁아도 같이 살 수 있으나 상대의 마음이 좁으면 같이 살기가 어려운 것이다. 내 힘으로 할 수 있는 일에 도전해야 내 계획을 이룰 수 있다. 모든 일에는 순서가 있어 계절도 꽃샘추위를 넘겨야 봄이 오지만 한 사람의 새 생명도 엄마의 산고가 있어야 하는 법이다.

마음가짐이 편안해야 하는데 삶의 여건에 따라 일을 하다가 보면 마음이 긴장하게 된다. 삶이 혼자가 아니라 더불어 살기 때문에 현대 사회에서 긴장하지 않고 지나는 것은 어렵다. 과도한 경쟁이나 지나친 욕심은 긴장될 뿐 아니라 스트레스도 받게 된다.

이것을 완화하는 방법으로 매사에 감사하는 마음을 가지고 운동하는 것이 좋은 해결 방법이다. 운동의 종류도 많지만, 이것도 자기의 적성과 취미에 맞추어야 하지만 걷기운동이 단순한 운동으로 장려된다. 그러나 조금 더 고급운동으로 육체적인 운동과 정신적인 운동을 겸해 할 수 있는 것이 고차원적인 몸 관리가 될 수 있다.

나는 오늘도 내 몸 관리를 위해 파크골프장에 가서 회원들과 만나 기쁜 마음으로 정신적이고 육체적인 정성을 다해 게임을 하고 내일을 기약하면서 돌아왔다. 한편 생각해보면 직장을 가진 후 평생을 가르치고 지도하면서 생활하다가 이제 문학에 심취하여 글을 쓴다는 것이 흔한 일은 아니지만, 지금도 혼신을 다해 창작에 몰두하며 즐거이 살아가고 있다.

제5장

삶의 여정

마을학교 봉사

사람이 가장 기본적으로 해야 할 것이 자기의 지식을 쌓는 일이다. 그 지식은 나이에 따라 다르기에 국가적으로나 사회적으로 단계에 맞추어 교육기관을 운영하고 있다. 우리가 알고 있는 교육기관으로는 현재 제일 초급이 유치원이며 다음은 초등학교, 중등학교와 대학으로 구성된 것은 누구나 알고 있어 그렇게 단계별로 진학하고 있다.

이번에 특별학교인 진주 가호행복마을학교에 참여하여 새로운 교육 분야에 봉사하게 되었다. 즉 학교와 지역이 연계하여 협력해서 공교육을 혁신하고 지역교육 공동체를 만들기 위해 진주교육지원청과 진주시청이 협력하여 운영하는 것이다. 이 마을학교는 초등학교나 중등학교에 다니는 학생들의 부모가 맞벌이로 다니는 가정이 해당된다. 이와 같은 가정에서 생활하는 아이들은 학교 수업을 마치고 집에 돌아오면 자기들을 보호하고 감싸주어야 할 사람이 없다. 이러한 학생들의 진로나 배움 등을 돌봐주는 역할을 하는 학교이다.

옛날에 내가 어린 시절에는 아이들이 학교를 마음대로 다니지 못했기에 야간 공민학교가 있었다. 이곳에서는 밤에 아이들에 가장 기본적인 국어, 산수, 사회생활을 주로 가르치고 예의, 도덕에 대한 것을 수준 있게 배우기도 했다. 그러나 그 시절에는 경제 수준이 낮았기 때문에 배움이란 것이 많이 힘들었다.

유명한 스위스의 교육개혁가인 페스탈로치는 가정은 도덕 학교라고 했다. 아이들이 성장하는데 기본적인 교육을 받는 장소가 가정이라는 뜻이니, 어린이에게는 얼마나 중요한 역할을 하는 곳인가. 그러함에도 불구하고 아이들이 한창 감수성이 강한 이 시기에 부모들은 경제에만 눈이 어두워 잘 보살펴주지도 못하는 현실이다. 이러한 시점에 마을학교에서 봉사해 주는 것은 부족하지만 부모의 역할을 보충해 주고 있으니 아이들에게 대단히 고마운 일이라고 생각한다.

인간이 태어나서 처음으로 만나는 시절이 어머니이면서 최초의 스승이 되기도 한다. 그러기에 엄마의 품이 이 어린이의 학교가 되는 것이다. 엄마의 얼굴이 교과서가 되기 때문에 웃어 주면 따라 웃고, 성내면 울기도 한다. 인간에 필요한 사회, 도덕에 가장 기본이 되는 것이 자기가 자라는 가정이기에 가정교육을 중하게 생각지 않을 수 없다. 부모에게는 좋은 자식과 나쁜 자식이 없다. 아무리 못난 자식이라도 어릴 때는 돌봐주어야 하기 때문이다.

마을학교의 설립목적이 어린 학생들의 배움과 돌봄 기능을 마을에서 하는 것이다. 대상 학생은 부모가 맞벌이하면서 가정에서 뒷바라지할 수 없는 가정이다. 혼자 가정에 방치되어있는 학생에게 자기들의 부모처럼은 할 수 없으나 학생들이 할 수 있는 세부 계획을 세워 일반 활동과 문화재 탐방을 실시하였다.

문화재 탐방 장소는 진주성, 청동기박물관, 충의사, 향교, 임진왜란 2차 전투에 크게 공적을 세운 김준민 장군과 고종후 장군의 신도비를 견학했다. 특히 고종후 장군의 일대기와 2차 진주성 전투에 대해서 설명하고 촉석루 삼장사시를 읊어주기도 했다. 어린 학생들이지만 역사의 현장에서 심도 있는 이야기를 하는 동안에는 열심히 듣는 모습이 참으로 칭찬하고 싶은 심정이었다. 활동일은 3월부터 시작해 매주 토요일을 정하였으며 학생과 어린 학생은 가족도 동반해서 실시했다. 활동 기간 중 6월, 7월, 10월은 문화재를 탐방하였고, 역사 이야기를 듣고, 예절도 배우는 시간을 가졌다. 한편으로는 마을학교 자체평가와 방향을 공유하고, 마을 교사 간의 효율적인 운영을 위하여 매월 토의와 토론을 통해서 지식을 쌓기도 했다.

탐방 행사를 마치고 넓은 마당으로 나와서 신문지로 때기(딱지)를 만들었다. 놀이의 한마당 경기를 하는데 구경하다가 나도 동참하게 되었다. 이제 완전히 동심으로 돌아가 아이들과 때기 치기를 해서 2장까지 땄으나 잠시 후에 잃고 말았다. 아이들이 잘 놀아야 훌륭하게 잘 자랄 수 있다는 깊은 뜻의 마을학교 교육방침에 맞추어 한 것이다. 이것이 마을학교의 근본 취지이며 나에게는 학생을 위한 봉사의 시간이 되기도 하였다.

종강 시간에는 특별시간으로 선생이 좋은 책을 선택하여 읽어주어 감명을 받게 하고, 학생들도 사전에 과제를 내어 책 읽기를 시켰다. 최종적으로 상장 수여가 있었다. 이 상은 보통상과 다른 1년간 공부한 것을 토대로 본인 스스로 상장을 작성한 것을 내가 사인해서 수상하는 특별상이었다. 상장도 다양하여 개근상, 줄넘기상, 나라상, 진주상, 복권상 등이며, 각자 나름의 장기를 살린 것이기에 먼 훗날 좋은 추억이 되리라 믿는다.

나는 한평생을 성인인 대학생만을 상대로 한 교육에만 종사하다가 어린 학생을 대상으로 했기에 매우 뜻깊은 활동이라 생각되어, 계속해서 봉사하고 싶은 생각을 갖게 되었다.

인생이란 긴 여정

    사람은 누구나 부모의 은덕으로 태어나 한평생을 살아간다. 생의 길이가 육체적 정신적으로 길게 120살까지 살아간다지만 유한한 인생 여정이다. 본인이 알고 있는 자기 몸은 이렇게 유한하게 지내다가 떠나야 한다. 어려서 부모의 보살핌에 자라고, 나이 들어 학교에 다니게 되는데 나이에 따라 초등, 중등, 대학 교육을 마치면 직장을 갖게 된다.

    개인의 여건과 사정에 따라 일찍 직장을 갖는 사람도 있으나 만학을 하고 늦게 직업을 구하는 사람도 있다. 직업도 천차만별이라 행복을 누리는 경우와 적성에 맞지 않아 괴로워하는 사람도 있다. 한평생을 살아가는데 같은 직장에 근무하지만 보람을 느끼지 못하고 고난을 겪을 때 생의 불행을 가지게 된다. 사람이 사람답게 살아야 할 것인데 어떤 사람은 사람답지 못해 짐승같이 보이는 수도 있다. 자기의 올바른 길을 걷지 못하고 짐승처럼 잔악한 행동을 할 때 너무도 안타까운 일이다. 사람은 만물의 영장이라 하는데 어떻게 양심과 도리를 저버리고 짐승처럼 전락한 사람으로 변하는지 이해가 가지 않는 경우도 있다.

최근에는 자연을 벗 삼아 살기 위해 농촌이나 해안가에 많이 이주하고 여유롭게 사는 사람이 늘어가고 있다. 도시에 살거나 농어촌에 살지라도 중요한 것은 자기 자신을 잘 알아야 할 것이다. 현재 자신의 분수나 능력이나 처지를 알고 먼저 자기의 책임과 본분을 알아야 한다. 이렇게 하기 위해서는 사리사욕을 버리고 사람으로서의 기본 도리를 다해야 할 것이다. 이를 위해 착한 마음을 가지고 남에게 덕을 베풀어야 한다.

지금은 경제적으로 많이 좋아졌지만 지나친 이기주의 때문에 잘 길러 놓은 결혼 적령기의 아들이나 손자를 가진 사람들이 걱정이 많다. 그런 연령까지 뒷바라지한다고 편한 생활이나 즐거움도 모르고 살았는데, 인생살이에 제일 중요한 결혼을 하지 않으니 가장 큰 걱정이다. 부모들은 자연적으로 큰 기쁨을 잃게 되고 쓸쓸하게 살아야 하기에 즐거움을 모르고 세월을 보내야 한다. 기쁨을 안고 사는 것은 세월이 빠르게 흘러가지만 불만을 품고 살게 되면 한스러운 세월이 되기에 고생이 말이 아니다.

매달 모이는 모임이 있는데 이번에는 몇 달만의 모임이라 전원이 모이게 되어 대단히 반가웠다. 참석한 친구 중 몇 명이 건강으로 병원 신세를 지고 했는데 큰 병에 걸리지 않아서 천만다행이다. 그러나 이제는 크고 작은 병으로 병원을 찾는 경우가 점점 많이 지게 되어있다.

살다가 한 해 동안에 있었던 일 중에서 기쁜 일이나 즐거운 일

이 있을 터이니까 잘 정리해서 가족 모임에 한 번씩 공개하는 것
도 화합의 차원에서 좋은 일이라 생각한다. 어떤 때 문득 남에게
는 없으나 본인에게만 특이한 점이 있음을 발견하게 된다. 이런
것을 잘 가꾸어 살아야 보람이 있다는 사실을 깨닫게 될 것이다.
이런 경우 남에게 도움을 주면서 본인도 자랑스럽게 살아가야 할
것이다.

　젊음이 좋다고 하지만 결코 되돌아갈 수 없고, 한번 살다가 끝
나면 영원히 끝나는 인생이라는 것을 되새김해야 할 것이다. 젊은
시절을 회상해보면 내가 그 업무를 수행하거나 큰 상을 받게 되어
자랑스럽게 생각했지만 이제는 그러한 마음이 점점 상실해간다.

　살다가 잃은 것을 되찾을 수 있지만 자신의 삶은 되찾을 수 없
는 것이다. 잘 살고 못 살아도 후회 없는 삶이 성공한 삶이라 생각
하고, 결코 긴 인생이 아니니 막을 내릴 때까지 기쁘게 살아가야
할 것이다.

자신을 뒤돌아보면서

젊어서는 자신을 잘 파악도 못 하고 세월 따라 살아갔으나 나이가 들게 되면 자신을 가끔 되돌아보기도 해야 한다. 사람은 얼마나 오래 살아야 장수하느냐 하는 것도 중요하지만 어떻게 살았느냐가 더 중요한 것이기 때문이다. 이제는 친구들과의 대화 중에 나잇값을 하고 살았는지 모르겠다는 이야기를 한다.

뿐만 아니라 70살이 넘으면 많은 사람이 "추하게 늙고 싶진 않다"는 말을 하게 된다. 며칠 전 이 문제를 두고 토론을 해보았는데 여러 가지 방안을 요약하면 건강을 잘 유지하면서, 자기에게 걸맞은 일을 찾아 가족이나 친구와 같이 죽을 때까지 품위 있게 살아가야 할 것이라는 결론을 얻었다. 나도 동감하고 그렇게 살아가야겠다고 생각했지만 쉬운 일은 아니라고 본다.

나이가 쉰이 넘고 예순, 일흔이 지나면 점점 외로워지고 고독해하는 사람이 많아진다. 이런 현상은 여러 가지 이유가 있겠지만 건강을 점점 잃게 되고, 매사에 동행하기가 힘들고 낙오자가 되기 쉽기 때문이다. 이러한 일을 모면하기 위해서는 제일 먼저 건강을 지켜야 하는데 이것이 삶에 가장 중요한 조건이라 할 수 있다. 젊은 시절에 열심히 노력해서 명예와 지위를 얻었다 하여도 건강을 잃게 되면 모든 것을 잃는 것과 같은 결과가 된다. 따라서 건강한 사람이 되어야 우정도 쌓을 수 있고 행복을 누리며 활기찬 인생을 살아갈 수 있기 때문이다.

이러한 건강을 지킬 수 있다면 마땅히 할 일이 있어야 한다. 자기에게 걸맞은 할 일이 없으면 고독하게 될 뿐 아니라 잡념이 생기게 되고, 병에도 잘 걸리게 된다. 옛날에는 평균수명이 짧았기 때문에 노년의 기간도 짧았다. 그러나 지금은 노년의 기간이 길기 때문에 자기 체질에 알맞은 일을 만들어 살아야 할 것이다. 그렇다고 무작정 일만 많으면 육체적, 정신적으로 무리하게 되어 역효과가 날 수도 있으니 즐겁고, 보람된 일을 찾는 것이 중요한 일이다. 입에 맞는 떡은 구하기도 어렵지만 혼자 즐기는 것보다 친구와 같이하는 것이 더욱 보람을 느끼게 할 것이다. 인간에게 무언가 할 일이 있다는 것 자체가 곧 삶인 것이다.

젊어서는 주변에 친구들이나 같이 동조하는 사람이 많았으나 나이 들어감에 따라 점점 없어지고 소외감을 느끼게 된다. 따라서 평균수명이 길어지는 것도 중요하지만 오히려 활동 수명이나 건강수명이 길어야 한다.

진실하고 좋은 우정을 갖춘 사람과 같이 행동하면 보다 행복하게 활기찬 인생을 살아갈 수 있다. 그러기 위해서는 내가 먼저 따뜻한 마음을 가지고 문을 활짝 열어놓아야 좋은 사람이 찾아올 것이다. 주어진 삶을 잘 엮어 행복을 갖추는 데는 친구의 힘이 크게 작용할 수 있으니, 기쁠 때나 슬플 때도 소중한 재산이 될 수 있다. 그런 친구를 사귄다는 것은 큰 기쁨이기에 나도 누군가에게 그렇게 멋진 친구가 되어주는 우정의 탑을 만들며 살아가야 할 것이 중요하다.

노년이 되면 내면을 바라보며 길을 찾아야 하고 자기의 꿈을 향하여 걸어가야 한다. 이 길은 남이 객관적으로 보아 아름답게 보임을 넘어서 스스로 아름답게 사는 것을 느껴야 한다. 이렇게 하여 행복해야 하는데, 행복은 언제나 자기 곁에 있으니 행복을 갖는 법도 배워야 할 것이다. 살면서 좋은 업적을 남기는 것도 중요하지만 남에게 지탄받거나 상처를 주지 않고 사는 인생이 더 위대한 삶이라 할 수 있다. 그러기에 존경받고 살기는 어렵더라도 욕은 먹지 않아야겠다는 신념으로 살려고 노력해야 할 것이다.

어떤 일을 처리할 때 오만함과 태만한 마음은 그 일을 성공적으로 이루지 못할 것이니 정확히 판단할 수 있는 힘을 길러야 한다. 이렇게 빠르게 변해가는 세상, 과거에 붙잡혀 불행 속에 헤매지 말 것이며, 닥쳐오는 미래에 대해 밝은 눈을 뜨기를 바라는 마음이다. 그리하여 희망 속에서 미래를 찾아보는 용기 있는 사람이 되어 젊음을 만들어야 한다.

인생 후반의 풍요로움을 맺기 위해서는 마음의 폭을 넓히고 친구나 이웃과의 관계를 더욱 원숙하게 만들어야겠다. 지나친 욕심은 큰 허물로 나타날 수 있으니 노욕과 탐욕을 버리고, 존경받고

우러러보는 원로가 될 수 있도록 노력해야 한다. 그래서 만족할 줄 아는 인생 말년을 행복하게 만들어가며 살아가야 할 것이다.

잠시 살다 가는 세상

부모의 인연 따라 잠시 왔다가 가는 세상 그 인연을 다하면 어느 누구도 가야 하는 법, 길어야 몇십 년 아닌가? 몇백 년이라도 살게 한다면 그래도 욕심도 부려볼 만하지만 이렇게 짧은 인생 무얼 욕심내려 하는가!

흘러가는 세월 지나고 후회한들 무슨 소용 있는 일인가, 간밤에 내린 비 개울물 되어 흐르다가 강을 이루지만, 이는 흘러 흘러 바다로 가버리니 흔적도 없네. 지금부터라도 하고 싶은 일, 먹고 싶은 음식, 구경하고 싶은 곳 다니면서 즐기며 후회 없이 살 것이다.

세상만사 새옹지마라는 말이 있다. 중국 진시황은 자기 후손이 천년만년 누리도록 만리장성을 쌓았지만 겨우 50년밖에 살지 못했는데, 엉뚱한 일을 한 것이다. 옛 성인들은 인생이 길지 않으니 내일 일은 내일 걱정해도 충분하다고 하였다. 까닭 없이 내일 걱정은 할 필요 없으니 오늘을 즐겁고 뜻있게 지내는 것이 최선의 방법이다.

살다 보면 언젠가는 떠나야 하는데 어떤 사람은 많은 것을 남겨 두고 떠나는가 하면 빈손으로 떠나는 삶이 있다. 나는 내가 관리할 수 있는 양만큼만 잘 간직하고 꾸리다가 훗날 세상을 하직하고 싶은 생각이다.

언제 죽음이 닥칠지라도 내가 머물고 있던 자리는 깨끗이 정리되었으면 하는 바람이다. 나의 황혼 길을 잘 갈무리해서 아름다운 끝이 되었으면 하기에 갈무리하는 하루가 소중하다.

인생의 전성기는 몇 살쯤 될까?

육체적 전성기와 사회적 전성기로 나눌 수 있어 일반적으로 30대 정도가 육체적이고, 50대 정도가 사회적으로 전성기를 맞이한 것이라 한다. 계획된 일과를 가지고 살아야 할 것이며 무계획적인 삶을 한다면 일생 사는 길이 하늘과 땅 차이가 날것이다. 항상 깊은 생각을 가지고 가정에서도 자식들에게 부모로서 자기에게 주어진 시간을 잘 관찰해 말과 행동을 보여주어야 할 것이다.

지구상에 생명을 둘 가진 생물은 존재치 않으니, 사람도 한 번뿐인 생명이기에 잘 다스려야 한다. 나는 가끔 내 인생 누가 대신 살아줄 사람 없고, 나이 들어감에 따라 몸이 불편해지는데 누가 대신 아파줄 사람 없으니 잘 관리해 살아야 한다고 말한다.

성공적으로 잘 살기 위해 주변의 도움을 받더라도 계획을 잘 세우고, 이를 잘 수행할 수 있어야 한다. 살면서 끝없는 도전과 모험을 해야 하는데 젊은 사람들은 이를 두려워해서는 안 되고 성공하기 위해서는 끝없는 도전을 해야 한다. 세월이 흘러 지금은 어느 때보다 치열한 경쟁 시대가 왔다. 이를 극복하기 위해서는 먼저 성공한 사람들의 성공의 길이나 경험담을 듣고 자기의 것으로 만들어 실천하도록 해야 할 것이다.

삶에 있어 도전의 시기는 언제인가?

이것을 먼저 깨닫고 미지의 세계를 향하여 매진하고 잘 쟁취해야 성공한 사람이 될 것이다. 자신을 잘 파악해야 하는데 삶의 목적이 무엇인가, 어떻게 살아야 할 것인가, 자신에 대해 시간을 가지고 잘 분석해 보아야 할 것이다.

지금부터 약 2,400년 전 그리스의 철학자 소크라테스는 "모르는 것을 깨닫는 것"이 최고의 지혜임을 스스로 깨달았다고 했다. 돼지의 관심은 오로지 배불리 먹는 것이다. 배부른 돼지로 살 것인가, 배고프지만 지혜로운 인간으로 살 것인가?

제자가 소크라테스에게 묻기를 인간과 동물의 차이점은?

"인간에게는 마음이라는 것이 있다" 그것이 인간의 행동을 이끈다. 행복은 몸보다 마음을 잘 단련해야 얻을 수 있다. 몸과 마음을 잘 가꾸는 것이 중요하니 잘 다스려야 할 것이다.

당신은 원만하게 활동할 수 있는 날이 얼마나 남았는지 한 번쯤 생각해 보고 남은 인생 잠시 쉬어가며 재충전해서 좋은 시간 갖기를 바랍니다.

나의 노년기 마음가짐

젊어서 현직에 다닐 때보다 은퇴한 후 마음이 보다 자연스러우니 혼자 즐기는 법을 찾게 된다. 나는 내 고향 진주에서 태어나서 평생을 여기서 지내고 있음을 대단한 영광으로 생각한다. 자연적으로 내 고향에 대한 역사, 문화에 관심을 가지며 살아가고 있다.

당시는 컴퓨터를 잘 모르고 지냈으나 퇴임 후 혼자 문화생활에 접근하려니 가장 먼저 필요로 하는 것이 되었다. 이를 해결하기 위해 동호회에 가입하여 기초 공부를 하게 되고, 그 후 진주 문화원에 입회해 문화교실에 등록하여 같은 취향을 가지고 있는 회원들과 시간을 보내게 되었다. 같은 목적으로 다니곤 하지만 남녀와 연령에 따라서도 생각하는 범위가 상당히 차이가 있었다.

여러 가지 일 중에서 문화탐방에 제일 관심을 많이 가지고 있었기에 거의 매달 탐방 가는 일에 매달리고 하였다. 탐방하고자 하는 목적지와 탐방지역의 문화, 역사에 관한 이해를 돕거나 해설하기 위한 준비도 하였다. 버스 안에서도 지난달 탐방 결과에 대한 인상적이거나 흥미 있었던 내용들을 서로 주고받고 이야기도 하게 된다.

어떠한 일이나 집중해서 보다 흥미롭거나 보람되게 하려면 기초가 튼튼해야 하기에 나는 가능한 일주일에 책 한 권은 읽으려고 노력한다. 물론 문화탐방에 관련된 내용들이나 건강에 필요한 지식을 쌓는 것이다.

자연적으로 노년기에 접어든 우리는 누구나 할 것 없이 자기 건강을 챙기며 기분 좋게 살다가 이 세상을 하직하는 것을 원하고 있다. 따라서 기분 좋은 습관을 길러 기분 좋은 삶을 만들어야 할 것이다. 살면서 늘 배우려고 노력하는 사람이 되고, 서로 협조하고 주어진 몫에 불만보다 만족한 모습을 보여야 현명한 사람으로 인정받을 것이다. 자기가 처한 현실에 겸손한 마음을 가지고 긍정적인 생각으로 남에게 피해를 되도록이면 주지 않고 살아야 한다.

골골거리는 백 살이 아니라 팔팔한 백 살을 살아야 하는 백세시대가 왔다. 짜증 내지 말고 전진해야 한다. 어차피 인생은 후진도 반복도 할 수 없는 일회성 전진만 할 수 있지 않은가.

고대 그리스의 철학자 디오게네스는 "쓸데없는 욕심은 버리고, 지금 이 순간을 만족하며 즐기고, 부끄럽지 않은 삶을 사는 게 행복"이라고 했다. 어느덧 팔순 고개를 넘기니 시간은 더욱 급류를 타고 흐르고 있다. 오늘이 월요일인가 하면 토요일이라 일주일이 지나간다.

틈틈이 안부 전화도 오고 했는데 점점 끊기게 되고 자기만의 시간만 갖게 된다. 이러한 처지에 부부가 함께 살아 있는 경우에 60대 부인은 지방 문화재로 인정한다면 70대가 되면 국보급으로 인정하고 존중을 받아야 할 형편이니 순간적인 오해나 자기만족에 부족함이 있어도 이해해야 할 것이다.

평생 동고동락해 살고 있는 배우자인 아내의 건강지기이다. 남은 생애를 그래도 건강하고 보람되게 하려면 아내를 잘 돌봐 같이 여생을 꾸며 나가는 삶이 중요하다. 아내에게 여력을 맡기고 취미 생활도 하면서 서로의 애환을 풀어나가야 할 것이다. 내조하느라 고생도 많이 한 아내는 남편의 사랑이 필요한데 모두들 사랑을 먹고 사는 존재이기 때문이다.

나도 함께 살아오면서 젊어서는 각자 살기도, 생활하기도 바쁘기에 서로의 존재 가치를 길게 인식하지 못했다. 지금은 매일 같은 시간을 가장 많이 갖고 있으니 생활에 필요한 의식을 챙겨주고 관리해 주기에 정말 고마움을 느끼게 한다. 언제까지 이어갈 것인가는 서로 잘 알 수 없지만 해피 엔딩으로 끝날 때까지 욕심 없이 오래 유지되길 바랄 뿐이다.

이제는 가능하면 더욱 규칙적인 생활을 하려고 노력한다. 아침에 일어나면 따뜻한 물 한 잔 마시고, 하루의 식사 시간과 식사량, 저녁 취침 시간 등을 지키려 한다. 이렇게 규칙적인 생활을 하면서 일정한 몸무게를 유지하기 위해 식사량을 적게 하고, 일어나면

20분 정도 스트레칭을 한다.

이렇게 내 상황에 맞추어 살아가기에 허둥대거나 실수할 일이 거의 없어진다. 나이 들어감에 중요한 것은 평소에 가지고 살던 꿈을 끝까지 버리지 말고 간직할 것이며, 할 일을 만들어서 몸과 마음이 일치하여 최고의 컨디션을 유지해야 할 것이다.

노년은 새로운 인생의 시작이다

삶에 있어서 규칙성은 자기관리의 핵심이다. 나이 들어가면 제일 중요한 것이 정신력, 기억력, 사고력과 판단력이라 할 수 있다. 이러한 것들이 점점 떨어지게 되어있는데 어떻게 하면 이들을 잘 관리 할 수 있을까?

무엇이나 많이 배우고 이를 유지하기 위해서는 가장 중요한 것이 누구나 항상 공부하면서 살아야 한다는 것이다. 일반적으로 몸이 늙으면 정신상태도 같이 늙어간다고 생각한다. 그렇지만 본인의 노력에 따라 정신은 크게 차이가 날 수 있기 때문에 지금의 나이에서 항상 흐뭇하게 생각해야 한다.

공부가 특별한 것이 아니라 자기에게 좋은 책 읽기와 취미생활을 게을리하지 말고 열심히 하라는 것이다. 일하는 사람은 건강하고 노는 사람은 건강치 못하니 건강을 위해서라도 운동해야 하고, 건강해야 일을 할 수 있는 것이다. 우리나라의 장수 석학인 102세의 김형석 교수는 "같은 나이에 일이나 독서를 많이 하는 사람이 가장 건강하다"고 했다. 이와 같이 건강과 일은 상호 밀접한 관계를 가지고 있기 때문이다.

나이가 들어감은 어찌할 수 없는 일이지만 시대에 적응하며 살아가야 할 것이다. 시대가 급변하고 있으니 새로운 것을 이해하고 익히는 데 시간이 오래 걸리기 마련이다. 배우는 것도 자기 취미에 맞추어야 할 것이지만 각자 취미가 다르기에 학습 능력에 맞추어서 한다는 자체도 어려운 것이다. 본인의 의지만 강하다면 시간은 많으니 젊은 세대 못지않게 배워가며 살아야 할 것이다. 장수 시대라고 하지만 UN의 연령 구분에 의하면 65세까지를 청년, 66세부터 79세까지를 중년, 80세 이상을 노년이라고 하였다. 현재 우리나라의 고령자 인구와 생존 확률을 보면 70세가 277,387명으로 86%, 75세는 182,172명으로 54%, 80세는 102,370명으로 30%, 85세는 52,099명으로 15%, 90세는 16,019명으로 5%밖에 살 수 없다. 즉 80세가 되면 100명 중 30명만 살고 70명은 사망하고, 90세가 되면 100명 중 5명만 살고 95명이 사망한다는 것이다. 100세 시대라고 하지만 아직 고령자의 생존지수는 낮은 것으로 보인다.

아무리 나이를 먹었다고 하여도 육체적 건강과 정신적인 건강만 있다면 잘살아 갈 수 있다. 아름답고 즐거운 나이를 먹으려면 적어도 필요한 일들은 지켜가며 살아야 할 것이다. 이제라도 삶에 대한 구체적인 관심과 계획을 세워 보는 것이 갑자기 일이 생기거나 곤경에 당하는 것을 잘 무마할 수 있다.

생명은 본인의 관리에 따라 차이가 심하지만, 지금부터 어떤 일을 어떻게 할 것인가, 언젠가 혼자 힘으로는 살 수 없는 환경에 도달했을 때 누구의 도움으로 어떻게 살아야 할 것인지 고민도 해보아야 할 것이다. 죽음은 누구도 피할 수 없는 운명이기 때문에 나는 국민건강보험공단에 가서 사전연명 의향서를 작성하여 등록증을 발급받았다. 쉽게 말해 죽음 준비도 할 수 있는 일은 해 놓아야 할 것이라 생각한다.

늙어도 뇌세포는 증식한다고 되어있다. 이 뇌세포를 더욱 자극하는 것은 뇌를 활용하기 위한 공부라고 한다. 죽고 살고 하는 것은 마음대로 할 수 없는 일이지만 일할 수 있고, 남에게 도움을 줄 수 있는 한 산다는 것은 축복받을 인생이라 하지 않겠는가?

이렇게 많은 나이에 무슨 일을 하겠느냐는 소극적인 생각은 버리고 항상 젊은 생각을 가지고 살아야 한다. 끊임없는 진취적인 일에 도전하는 삶이 젊음과 장수비결이 될 것이다. 이제는 주변에 감사하고 욕심 없이 즐거운 시간으로 순리대로 살아간다면 그렇게 어려운 인생은 되지 않을 것이다. 죽을 때 후회 없이 못다 한 베풂은 베풀고, 조금이라도 더 행복한 시간을 갖도록 노력해야 할 것이다.

나이 들어가면 친구나 이웃들은 물론이고 친지 가족들도 자주 만나기란 점점 어려워지기에 선택과 집중이 필요한 것이다. 건강이 중요해서 나름대로 잘 관리하더라도 갑자기 큰 병이라도 걸리게 되면 난처하게 되니 사전에 만반의 준비가 있어야 할 것이다.

그리스의 격언에 "집안에 노인이 없거든 빌리라"는 말이 있다.

이 말은 삶의 경륜이 얼마나 중요한가를 말해주고 있다. 노인이 되면 기억력이 떨어지고 자신의 경험에 집착하려는 경향이 높아지지만, 그 대신 젊은 사람보다 통찰력이 높다. 현시점에서 노인의 지혜와 통찰력으로 사회나 국가 발전에 기여하도록 마음가짐을 가져야 할 것이다.

즐거운 삶의 지표

세월 따라 산다고 하지만 지금까지 같이하고 있는 가족들에게 감사하고 고맙고, 이제 계절 따라 바람 따라 살다 보니 80대 중반이 되어간다. 인생 100세 시대에 80대는 시들 나이가 아니다. 이제 갈 길은 외줄기, 피할 수 없을 바에는 그 길을 걷자.

그저 하루를 당당하게 걸으면 되지 않겠는가?

잘 익은 인생 80대 저녁노을 고운 빛깔처럼 작물들이 절정을 준비하는 나이, 우리도 새빨갛게 한번 물들어 봐야 하지 않겠는가! 내가 흘려보낸 것도 아니고 도망쳐 나온 것도 아닌데 청춘이란 꽃밭은 아득히 잊히고 그저 하루를 즐겁게 당당하게 그 길을 걸어보자. 고마운 마음으로 열심히 살면 건강하고 즐거우니 그것도 축복과 은혜가 아니겠는가. 이런 마음으로 살면 세월이 강물처럼 흘러 90살이 되어있을지도 모를 일이다.

보석처럼 삶의 어려움을 잘 견디고 아름다움을 만들어야 한다. 자기주장만 반드시 옳다고 고집하지 말며, 어른으로 대접받으면 반드시 감사를 표해야 할 것이다. 항시 웃음 가득한 모습으로 몸과 마음을 따뜻하게 지닐 것이며, 자신을 믿고 자신감을 가지고 이 세상에서 하나뿐인 존재를 인식하고 긍정적인 사고방식으로 살아야 할 것이다.

눈치나 체면은 잠시 벗고 나만이 할 수 있는 일들을 찾아서 하고 인간적인 자신의 삶을 찾아야 할 것이다. 삶을 배우기 위해 잠시 찾아오는 고통이나 슬픔 같은 것은 가슴에 안아보고 잊어버리면서 살아야 한다.

서로 사랑을 나누고 기쁨 속에서 멋진 인생을 만들어 가며 살아가는 것이 행복이다. 어느 시인이 말하기를 예습도 복습도 없는 단 한 번의 인생길이라지만 가고 싶은 길이나 가기 싫은 길도 있는데, 가장 주의할 점은 가서는 안 되는 길이다. 이러한 인생길들은 젊어서는 잘 느끼지 못하나 나이 들게 되니 자연적으로 알게 되었다.

한평생 즐겁게 살고 보람된 늙음이 찾아오게 하는 사람도 많다. 이들은 준비를 철저히 하고 최선을 다해 살았기 때문이다. 올바른 인간이 되려면 적어도 행복과 건강을 끌어당길 수 있는 마음가짐을 가지고, 그 마음이 밝고 맑으면 자연적으로 이들이 모여들 수 있다.

지금 보이는 상태가 아무리 좋지 못해도 그것은 지나가는 모습이니 미련일랑 두지 말고 미래를 생각하며 살아가야 한다. 좋은 모습을 보고 모든 사물의 좋은 점을 찬탄할 수 있는 마음가짐이 중요하며, 어려운 고난이 왔을 때 이것은 나의 얼을 연마해 주기 위한 기회라고 생각해야 한다.

이제 생명이 발랄하게 작용할 수 있다면 그 사람은 새로운 형태로 젊어질 수 있고 기쁜 일자리를 만들면 탈이 없게 된다. 하루의 일과를 바쁘게 지내다가 삶을 더 풍요롭게 하기 위해 마음을 잠깐 멈추게 한다. 이러한 효과를 얻기 위해 나는 농장에 가서 나무의 숨결을 한 아름 받고 보면 몸에 채워져 있는 피로가 없어진다.

노년의 삶을 삭막하고 고독한 시기로 생각할 수 있지만 강물 흐르듯 차분히 생각해 보면 청춘이나 꽃보다 화려할 수 있다. 이들은 정신적인 풍요와 경륜으로 덕을 쌓아야 하기에 노년의 주름 속에 향기를 풍기는 것은 살아가면서 화석같이 되는 것이다.

사람답게 사는 사람으로 인정받으려면 사랑과 용서의 삶에 인색해서는 안 되며 사랑과 은혜로 충만한 사람이 되어야 한다. 살다가 어려움에 처해 불행의 늪에 빠질 수도 있으나 비상한 용기만 있다면 이겨 낼 수 있는데 용기가 없으면 일을 망치거나 할 것이다. 이러한 일들도 시간과 인내가 필요하므로 좋은 일을 성취 할 수 있게 명심해야 할 것이다.

좋은 일이라고 보았는데 나쁜 일로 되고 하기에 잘 알고 보면 좋다고 모두 좋은 것도 아니고, 나쁘다고 해도 모두 나쁜 것도 아니니 잘 구별할 줄 알아야 한다.

"인생은 짧고 예술은 길다"라고 하지만, 인생을 즐겁게 사는 사람에게는 짧게 느껴지지 않는 법이다.

오늘 삶에 충실하고 있는가

살아가는 데 여러 가지 조건들이 많으나 가장 값진 것은 서로의 사랑을 나눌 줄 알고 베풀 수 있는 풍부한 마음가짐이라 할 것이다. 그러면서 검소하게 여길 줄도 알아야 한다. 부모와 자식 간은 물론이며 이웃 간이나 친구 간에도 사랑을 나눌 줄 알아야 행복과 웃음이 생기게 되는 것이다.

중요한 것은 마음가짐이기에 그 마음을 긍정적으로 관리해야 하는데 상대방을 존중하고 진실성 있게 한다면 행복할 것이다. 살아가면서 많은 시련과 고통도 있었으나 인내심으로 잘 견디며 잘 해결해야 할 것이다. 살다가 보면 어떤 일을 하다가 잘못했다고 생각되기에 나중에 후회하는 수도 있다. 그래서 흔히 있을 때 잘하라는 말을 하기도 한다. 즉 현재 하는 일에 최선을 다하라는 뜻이니 현실에 더욱 충실해야 할 것이다.

미래에 대한 기대치보다 지금 하는 일에 더욱 열중하고 현실에 더 많은 힘을 기울여 최선을 다하는 것이 지혜로우며, 자기관리를 충실히 하는 방법이 될 것이다.

교만하거나 착각하지 말 것이며 젊을 때일수록 노후 준비도 잘 해 후회 없는 날들을 보낼 수 있게 해야 한다. 한편으로는 건강하고 즐거운 노후를 맞이해 아름다운 생을 이루어야 할 것이다. 오늘 하는 일에 최선을 다하고 산다는 것이 쉬운 일이 아니지만 다소 소홀함이 없었는지 반성하며 자신을 보살펴 보아야 한다. 뿐만 아니라 오늘 할 일들이 다양하기 때문에 잘 정리하는 것도 보통 일이 아니기에 늘 반성하고 살펴보아야 할 것이다.

제일 어려운 것이 인간관계라고 하는데 상호 간의 일에 최선을 다하고 지혜롭게 잘 대처하였는지?

모든 일이 잘 이루어질 때 더욱 겸손하게 처리하도록 명심해야 할 것이며 권력이나, 부귀영화가 물러갈 때 사람들은 비참한 모습을 보이게 되는 경우가 많다. 어떤 일이건 한때 흥성(興盛)함이 있으면 쇠망(衰亡)하기 마련이니 겸손함이 없으면 안 된다. 이러한 일은 흔히 볼 수 있는데 참으로 안타까운 마음이 들기도 한다.

인생은 어제라는 과거와 현재, 그리고 닥쳐올 미래의 연결과정에서 오늘 현재를 살고 있는 것이다. 이들은 불가분의 관계로 이어지고 있지만 우리는 지금 이 순간에 어떻게 충실하게 임하고 있느냐가 가장 중요하다.

흔히 시간이 있으면 돈이 없고, 돈이 있으면 시간이 없다고 하는데, 어떤 사람은 먹을 것이 없어 걱정하는가 하면, 어떤 사람은 이(齒)가 없어 씹지를 못해 먹지 못하는 경우도 있다. 당장 내 앞 일부터 해결해야 할 건데 많은 사람은 앞으로 닥쳐올 미래 때문에 현실에 불충실할 경우가 많다. 이것은 크게 착각하고 있으니 현실적 가치가 있는 오늘에 더욱 충실하기를 바란다.

평소에 좋은 생각을 가지고 사람의 마음을 얻게 된다면 아무리 어렵고 힘든 상황에 처하더라도 실망하지 않을 것이다. 삶에 성공한 사람도 많지만 실패한 사람도 많은데 이들은 다 같이 성공에 대한 집념은 강할 수도 있다. 그러나 생각대로 되지 않는 것이 인생살이이다. 미국에서 사업에 성공한 사람들의 성공 원인에 대한 설문조사 결과는 사업에 대한 열정이라고 한다. 맥아더의 좌우명도 열정을 잃으면 영혼이 시든다고 했다. 이것을 보면 열정 없이는 성공을 기대할 수 없다고 보아야 할 것이다.

자신은 소중한 사람이다. 그러기에 자신감과 함께 젊어지고, 두려움과 함께 늙어간다고 하였으니 자신감을 높여 나름대로 열정을 가지고 충실하게 살아가야 할 것이다.

손자손녀 이야기

과거가 있기에 현재가 존재하는 것이지만 더 행복한 오늘이 있기에는 숨은 공들이 많은 것이다. 누구나 이 세상에서 가장 중요하게 생각하는 것은 가족이라 할 것이다. 우리 가족의 한 사람이기에 그 역할을 잘하고자 언제나 자신을 뒤돌아보며 살아왔다.

지난 연말에 아들이 가족의 화목을 위해 다 들어 있는 카카오톡 단톡방에서, 손자 손녀들에게 특별한 과제를 내었다.

① 할아버지 할머니께 예쁘고 감사한 인사 말씀

② 금년 한 해 동안에 자기가 한 일 중에서 가장 잘한 자랑거리

③ 가족에게 자기가 하고 싶은 말이나 사진 올리기

를 하라고 제안하였다. 다만 이들 모두를 답해도 되지만, 3건 중 하나만 해도 되는데 그 내용이 우수한 3명을 뽑아 연말에 시상할 예정이라고 하였다.

해당하는 손자손녀는 6명인데 막내딸이 자기도 포함해 주기를 원했기에 포함했다. 그 결과 딸이 제일 먼저 "올해 가장 잘한 일"이라는 제목으로 글을 올렸다. 요점은 학교에서 담임을 맡고, 사

회와 역사 교과목을 담당했고, 학년 부장까지 겸해서 학교 업무를 충실히 잘 수행해냈다는 뿌듯함을 소개하면서, 더불어 퇴근은 가사노동을 위한 또 한 번의 출근이었다고 한다.

그다음으로는 둘째 딸의 손녀는 자기가 다니고 있는 대학에서 실시한 창의창업 경진대회에 참가해 최우수상을 받았다고 하였고, 이어서 손자는 자기가 다니는 대학 학과에서 실시한 학술제 학술발표대회에서 대상을 받았다고 상장도 올렸다. 학교에 다니면서 상을 받는다는 것은 자기 일에 충실한 결과이기에 반갑고 기쁜 일이다.

외손자는 현역군에 입대하여 570일간의 병역을 치르면서 느낀 바를 올렸다. 훈련병 때는 앞으로의 생활에 대한 걱정과 애국심에 불탔고, 이등병 때는 책임감에 대해 배우고, 상병 때는 여유가 생겨 책을 많이 읽었고, 사회생활을 위한 계획을 세웠다고 한다. 아울러 부모에게 효도해야 한다는 마음도 스스로 느끼게 되었다고 한다. 둘째 외손자도 역시 군 복무를 잘하였는데, 코로나 때문에 할아버지, 할머니를 한 번밖에 찾아뵙지 못한 아쉬움이 크다고 한다. 건강을 잘 지키며 생활을 잘하고 지내는 것을 알고 있기에 새해에는 보다 나아질 것이라는 약속도 했다.

막내 외손녀는 올해 고등학교에 처음 올라와 수업을 따라 하기에 힘들었다고 한다. 그러한 가운데 학교에서 실시한 양성평등 문예 행사에서 우량상을 수상했다. 자기의 인생 모토가 항상 최선을 다하면서 사는 것이다. 할아버지 할머니처럼 열심히 살아서 용기와 자신감을 밑거름으로 삼고, 그 위에 꿈이라는 씨앗을 심어 열심히 키워보겠다고 하였다. 마지막으로 글을 올린 손녀는 지난 김장 때 찾아뵙고 만나서 반가웠다는 내용과 대입 재수하는 과정에서 힘들었을 건데 그 과정을 기회라고 긍정적으로 받아들이고, 인생에서 새롭게 깨닫게 된 내용의 글을 올렸다.

이렇게 손자손녀들이 자기들의 1년간 지나온 경력과 상을 받은 내용을 써 놓은 글은, 내가 지금까지 많은 훌륭한 글을 읽어 왔지만 이렇게 감동이 밀려오는 것을 느껴진 적은 없었다. 다들 기특하게도 문장력이 아주 좋고, 생각도 이미 많이 깊어져 있고, 가족을 생각하는 마음이 크다는 것을 느끼게 하였다.

세월이 빨라 엊그제 코 흘리고, 울고, 싸우고 했는데 언제였던지도 모르게 지나가고 있다. 우리의 미래인 손자손녀들은 인생을 잘 다듬고 만들어 후회 없도록 잘 설계하고 실천하기를 바란다. 할아버지, 할머니는 너희들이 가고자 하는 행로에서 잘 성장할 수 있도록 조금이라도 도움이 되는 받침돌이 되도록 하겠다. 이것이 우리에게 참다운 즐거움이다.

지킴이 문화재 탐방

조상이 물려준 소중한 문화재를 지키고 가꾸기 위해 한국 문화재 지킴이 산하에 진주에도 남가람지킴이회가 있다. 나도 본회에 가입한 지도 오래되었다. 진주 지역의 문화재를 평소에 회원들이나 일반 시민들이 즐겨 찾지 않는 곳이 많은데, 유적지 보존, 주변 정화, 시설점검과 회원들의 자질향상을 위한 탐방의 목적으로 행사에 임하고 있다.

남가람문화재 지킴이의 2021년도 탐방지역 중 흥미 있었던 곳들을 소개하면, 진주시 망경동 금선암을 4월 30일 제일 먼저 실시하였다. 참여 인원은 많지 않아 17명으로 승용차로 분산하여 목적지까지 가는데, 매년 하는 사업이지만 들꽃도 많이 피어 길을 재촉하는 기분이었다.

이곳은 석조여래좌상이 있는 곳으로 보물 제371호로 지정되어 있지만, 절에 오는 사람들이 그렇게 눈여겨보지 않는다. 이곳에도 대웅전과 사찰이 있는데 뒷산이 에워싸고 있으며, 6.25 전쟁 당시에 스님들도 참전하게 되어 주변의 의병들 활약도 큰 역사적 사찰이다. 먼저 주변을 한 바퀴 둘러보고 대웅전에 들어가 3배를 올렸다. 이곳은 정화가 잘되어 있기에 특별한 일없이 회원 간에 정을 나누고 마쳤다.

다음은 경상남도 민속 문화재 제12호로 지정된 진주시 명석면에 있는 명석 자웅석(鳴石雌雄石)을 찾아갔다. 더운 날씨였기에 주변에 잡초가 무성하게 자라 문화재를 보는 사람의 눈에는 한심할 정도이기에 참석한 회원들이 낫과 갈퀴 등 가져간 농기구를 이용하여 본연의 의무를 다하였다.

이 자웅석은 남녀를 상징하고 한 쌍의 암돌과 숫돌로 구성된 특별한 명석으로 구성되어 있다. 매년 3월 3일(음력)이면 충절과 풍년을 기원하는 제를 지낸다고 한다. 이 자웅석은 재미있는 내력이 있다. 일찍이 진주성을 쌓는데 성벽돌이 되기 위해 먼 산에서 굴러가다가 이미 완성됨을 알고 눈물을 흘리며 울면서 멈추어선 곳이 여기였다고 한다. 이러한 내력으로 동네의 이름도 명석(鳴石)이다.

오늘은 지킴이 본연의 의무를 마치고 회장이 준비한 간식도 먹으면서 회원소개도 하고 상호 간에 침목도 하며 즐기다가 왔다.

10월 9일은 응석사(凝石寺)에 갔다. 이 절은 집현산(集賢山) 기슭에 자리 잡고 있는 서부 경남에서 가장 오래된 1,500여 년의 역사가 있는 전통 고찰(古刹)이다.

특히 1592년 임진왜란이 일어나자 서산, 사명대사의 지휘로 전국 사찰의 스님들이 나라를 구하기 위해 의병(義兵)으로 승군(僧

軍)을 조직하여 싸웠는데, 이곳 응석사가 경상도 의병들의 격전지로 폐허가 되기도 한곳이다. 그 후 박진구 씨 외 많은 신도가 도와 대웅전과 삼존불, 관음전, 덕운화당, 오층탑 등을 건립하여 현재에 이르고 있다. 특히 모감주나무가 고목으로 경남 기념물 제96호로 지정되었는데, 이 열매로 염주를 만들고 있어 더욱 유명하다.

가을에 접어들어 11월 13일에는 임진왜란 시 진주성 전투에서 크게 공을 세운 김준민 장군과 고종후 장군 신도비를 찾아갔다. 김준민 장군은 경남 단성에서 태어나 거제현령(居濟縣令)으로 있다가 임진왜란이 일어나자 김천일 장군의 휘하에서 진주성 2차 전투에 싸우다가 성이 함락되자 전사하였다.

공은 일찍 무과에 급제하여 1583년 북병사 이제신의 휘하 군관으로 출전하여 큰 공을 세웠다. 그 후 1593년에는 진주성을 지키다가 성이 함락될 당시 전사하였다.

전후에 선무원종공신에 책봉되면서 형조판서에 추증되기도 하였으며 사후에 형조판서에 증직되었고, 신도비는 1918년에 건립하게 되었다. 신도비각과 주위에 잡초가 무성했으나 회원들의 정성으로 잘 정리도 하였다.

다음은 이곳에서 가까이 있는 고종후 장군의 신도비가 있는 곳으로 자리를 옮겼다. 고종후 장군은 충열공 고경명(高敬命)의 장남으로 1554년에 태어나 16살에 진사에 합격하고 24살에 문과에 급제하여 예조좌랑과 임피현령을 역임하였다.

임진왜란이 일어나자 부친 충열공을 주축으로 담양 추성관에 제단을 만들어 동생 의열공과 같이 거병하였다. 여러 지방의 전투를 하였으나 충남 금산 전투에서 부친과 동생이 순절하였다. 공만 혼자 생존하게 됨을 앙천개탄(仰天慨歎) 하였다. 다시 전쟁에 나가려 하니 어머니께선 재가(在家)하고 있으라 하니 단식하고 사경에 이르자 허락하시었다.

그 후 다시 의병을 모집하여 1,000여 명을 인솔하여 진주성으로 오면서 전쟁을 치르고 하동읍성에 도착하였다. 때마침 진주성이 위험하다는 소식이 있어 귀가령을 내렸으나 남은 병사가 400명이 넘었기에 이들을 인솔하여 진주성 안으로 진군하였다.

성내에서 외원 군이 없이 9일간 왜적과 싸우다가 황진, 김준민, 장윤은 앞서 전사하였다. 이렇게 하여 1593년 6월 9일 김천일, 최경회 등과 촉석루에 올라 북향재배 후 남강에 투신하여 순절하였다. 이렇게 훌륭하신 분들의 신도비를 보면서 국가가 위기를 접하는 경우에 큰 역군으로 목숨을 바치신 분들을 추모하기도 하였다. 1년간의 문화재 지킴이 활동은 앞에 소개한 것 외에도 고산정, 우곡정, 청곡사, 진주성이 있는데 모두 유명한 곳이지만 이곳들의 이야기는 다음 기회로 미루기로 한다.

한 해 동안에 이렇게 많은 문화재를 찾아다니면서 보고 느끼는 것이 우리 문화재를 더 열심히 사랑하고 보전해야 할 것이라는 문화재의 중요성을 더욱 깊이 인식하게 되었다. 특히 본회 회장이 특별히 회원들의 우호 관계와 당일의 행사를 주선하고, 마무리하는데 독보적으로 임해 주신 것에 대단히 감사하게 생각한다.

이렇게 전국적으로 산재해있는 문화재는 전 국민이 더욱 깊은 관심을 가지고 보호 관리해야 할 것이다. 이것이 우리 역사를 길이 보존하는 방법이라 보아야 한다.

노년 삶의 보람

살다가 보니 이제는 제자들과 같은 세월을 공유하게 되었다. 학교생활도 잘하고 사회적으로 크게 기여하고 있으니 내 삶에도 크게 보람을 느끼게 해주어서 대단히 감사하게 생각한다. 한편 우리는 60세~65세가 되면 자기 직장에서 퇴직하도록 되어있다. 이러한 법은 우리나라뿐 아니라 많은 나라에서도 시행하고 있는데, 이들은 노년 사회 복지제도의 대상이 된다.

노인을 돕는 국가 제도는 고대 로마제국 시대에 최초로 생겼다. 국가에 따라 복지제도가 다르게 도입되고 있으며 노인을 위한 사회보장제도를 하는 나라도 100여 개나 된다.

이것은 나이를 기준으로 해서 제도화하고 있지만 생리적 노화현상은 개인에 따라 차이가 심하다. 노화의 원인에도 여러 가지 조건이 많아 의견도 일치하지 않으며, 노년기가 되면 제일 어려운 것이 신체적으로 자유스럽지 못한 일이다. 그러한 조건임에도 건강을 유지하면서 재미있고, 의미 있는 삶을 유지한다면 축복받은 인생이라 할 수 있을 것이다.

사람은 몸과 마음이 하나이기에 살면서 고마움을 느끼지 못하면 건전하고 즐거운 생활을 할 수 없다. 마음에 좋은 것이 있으면 몸에도 좋고, 한편 몸에 좋은 것이 있으면 마음도 즐거움을 느끼게 된다. 따라서 신체의 건강은 본인의 마음에 의해서 크게 영향을 받게 되어있다.

직장에서 은퇴하게 되면 누구나 새로운 삶의 시작으로 받아들여, 그동안 가족이나 이웃에 못 다해준 일들도 많이 있음을 알아야 할 것이다. 따라서 자신의 삶이나 누군가에게 보탬이 되는 일을 하여야 한다. 그뿐만 아니라 이들을 위한 사랑과 배려의 마음을 베풀어야 할 것이다. 이렇게 함으로써 은퇴로 인한 충격은 없어지고 늙어도 할 일이 있기에 남은 인생은 더욱 보람찬 인생으로 살게 될 것이다.

노인의 신체에서 많이 발생하고 있는 어깨, 팔, 다리가 아픈 만성질병은 급성 질병보다 더 흔한 것이다. 이것은 젊은 사람보다 치료 기간도 길 뿐 아니라 치료비도 많다. 고대 로마나 중세 유럽에서 평균수명은 20세~30세 정도라고 추정했는데 현재 평균수명은 전례가 없을 정도로 길어졌다. 자연적으로 각종 질병도 생기게 되어 치료비도 많아지게 된다.

노화현상에 대한 연구를 보면 우리 몸을 구성하고 있는 세포가 70조~100조 정도인데, 이들 세포의 기능이 저하됨으로써 생기는 현상이라 한다. 나이가 많아지면 활동하고 있는 세포의 기능이 점점 쇠약해져 신체의 기능을 충분히 발휘하지 못한다. 또한 신체의 성분변화도 크게 일으켜 근육질은 줄어들게 되고 체지방 비율은 증가한다. 따라서 근육조직은 성인이 되어 늙어 죽을 때까지 계속 감소하고 신체활동 능력도 떨어진다.

한편 노화가 심하면 골다공증에 걸리게 되며 뼈는 점점 약해져 넘어지거나 하면 골절되기 쉽고 또한 치료 기간도 길어질 뿐 아니라 잘 회복되지도 않는다. 나이가 들면 신체 결합 조직을 이루는 섬유 단백질인 콜라겐의 생성이 점점 줄어들기 때문이다. 한편 불용성 콜라겐의 비율이 높아지기 때문에 영양소, 호르몬 및 다른 물질이 결합 조직에 침투하기 곤란해져 노인의 피부에 주름살이 점점 늘어나고 피부 탄력도 잃게 되어있다.

젊음이 좋다는 것은 부인할 수 없지만 나이 들어 노년이 되면 지혜로움이 쌓이게 된다. 즉, 좋은 생각, 좋은 마음, 좋은 관계를 맺게 되면 옳은 지혜가 샘솟듯 솟아 나온다는 특징이 있어 좋다.

현대 의학이 발달해서 사람의 죽음을 지연시킬 수는 있지만 아직 죽음을 막을 수 있는 기술은 없다. 행복은 내 마음으로 만들어, 천국이 내 가슴에 있다는 것을 알 수 있는 나이가 되어 좋다. 빈 가슴에 마음먹은 것을 채울 수 있어 담담하게 살아갈 수 있다. 별 탈 없는 오늘에 감사하고 아름답게 늙어갈 수 있어 남들은 멋있고 존경스럽다고 부러워하기에 감사하는 마음이다.

누구나 각자의 인생길이 있다. 흘러가는 세월이라 자기 인생을 잘 깨닫지 못하고 저만치 가버리게 되었다. 누가 자기 인생을 대신해 줄 사람도 없고 그렇다고 그렇게 길지도 않으니, 지금이라도 남아있는 인생길 후회되지 않도록 보람 있고 뜻있는 삶을 살아야 할 것이다.

　누군가 말하기를 인생은 미완성으로 살다가 갈 타향살이라고 하는데, 아름답게 잘 늙어 미완성의 곱게 만든 작품으로 남도록 노력해야 할 것이다.

잠시 쉬어가요

한번 왔다가 떠나는 세상 이제 남은 인생 잘 정리하려면 잠시 쉬어가며 살아야 하는 마음의 여유를 가져본다. 한 번씩 지나간 일들 되새겨 보고 지금 나의 피곤함과 복잡한 마음도 잠시 쉬어 재충전하는 것이 바람직하다.

겨우내 추위에 움츠리고 있던 나뭇잎도 새싹이 나오고 푸른 잎이 되어 예쁜 꽃들도 피어나지만, 철 따라 자취를 감추게 되어있다. 뒷동산에 굴참나무도 꽃 피고 열매 맺더니 여름철 천둥소리에 잠시 쉬었다가 가곤 한다.

당신은 그동안 쉬지도 않고 꽃다운 청춘을 희생해가며 사느라고 고생도 많았지만 이제 뒤돌아보니 허무한 자신을 돌이켜 볼 수 있다. 이제는 몸도 마음도 많이 늙어 있는데 조금이라도 보충하려면 자기 가슴에 남아있는 뜨거운 불을 잠시나마 끄고 쉬었다가 가야 할 것이다.

지리산 계곡물도 여름철 비가 많을 때는 폭포수처럼 우렁차게 내려오지만, 흘러가다 바위에 부딪혀 쉬어 가는데, 우리 인생도 자연과 같이 쉬면서 에너지를 모아 힘 있게 살아야 한다.

이 세상에 영원한 것은 아무것도 없다. 무엇이 안타깝고 미련이 있다고 지금도 쉬지 않고 앞장서서 매진하려고 하는지? 이제 친구들의 모임도 하나, 둘 떠나가고 남은 사람들은 이곳저곳에 불편함 때문에 병원을 놀이터처럼 드나들고 격리되기에 외로움을 느끼게 한다.

세상에는 저절로 되는 것이 없기에 젊을 때는 성공한 사람처럼 목표를 세우고 남몰래 피땀 흘려 최선의 노력을 하여야 한다. 성공한 사람은 강한 의지를 가지고 끝없는 인내와 용기를 갖춘 사람이라 보아야 할 것이다.

친구가 보낸 카톡에서 우리 앞에 남은 세월을 분석하였는데, 아껴 쓰면 20년, 대충 쓰면 10년, 아차 하면 5년, 까딱하면 순간(瞬間)이라고 하였다. 정말 한심스러운 일이다. 우리는 얼마나 살날이 남아있는지 한 번쯤 생각해 보고 남은 인생 잠시 쉬어가며 재충전해서 좋은 시간 갖도록 해보아야 할 것이다.

이렇게 얼마 남지도 않은 인생 무언가 값지고 보람 있는 일을 할 수 있는 한 성취해서 무언가 보람을 느끼도록 해야 할 것이다.

왜 쉬어야 할까? 육체적이건 정신적이건 일하다가 휴식하는 것은 어렵다. 먼저 마음을 비워야 한다. 아무것도 하지 않는 날을 만들어라. 배낭 메고 가끔은 몸과 마음을 쉬어 보세요. 순간순간 쉬었다 가고 계절 따라 보고 느끼는 감각이 다르기에 자기의 계획이나 나이 들면 점점 후덕한 사람이 되도록 인품을 갖게 마음먹기도 해야 한다. 남을 위한 이해심도 넓히고 일에 대한 분별력도 높아지게 하도록 잠시 쉬며 생각해 보아야 할 것이다.

세상은 느끼는 대로 볼 수 있고 보이는 것만 알 수 있다. 느낌이 없으면 사물이 보이지 않게 되어있고 어떻게 보느냐에 따라 밝거나 어두움이 되는 것이다. 별이 반짝반짝 빛나고 구름이 두둥실 떠가는 것도 내가 보고 싶은 대로 존재하기 때문이다.

살다가 보면 마음 좋아 기분 좋은 때도 있고, 반대로 슬픈 일이 생겨 좌절하거나 포기하는 경우도 있다. 생각에 따라 이렇게 저렇게 보이는 것이니, 더운 여름에 목말라 물 한 모금 마실 때도 속 시원하다고 하거나 너무 부족하다고 할 수도 있다.

자기의 일상이 너무 바쁘거나 빈틈없이 빽빽하다면 잠시 마음을 백지처럼 비워줄 여유를 가져본다. 이러한 것은 본인의 느낌에 따라 결정지어야 할 문제다. 작은 물병 하나이지만 보기에 따라 많아 보일 수도 있는 법이다. 적다고 생각한 사람은 욕심부려 혼자서 다 마시겠지만 잠시 쉬어 생각해 보면 한 모금씩 여러 사람이 나누어 먹을 수도 있는 것이다.

옛날에는 살기 좋은 마을 주변에는 정자나무를 길러 동네 사람들이 모여 정담을 나누며 쉬어가는 쉼터를 만들었다. 돗자리를 깔고 쓰르라미 노랫소리에 쪽잠을 자기도 하고, 저녁이면 개구리 울음소리에 밤을 지내는 일도 있었다.

이렇게 마음의 여유를 가지고 몸과 마음을 재충전해 노을처럼 좋은 모습으로 쉬어갑시다.

　당시의 사람들은 먹을 양식이 없어 굶주리고 건강도 유지하기 어려웠으나 그래도 마음의 여유가 있었기에 쉼터를 만든 것이다.